AF185631

Volker Jochim

Nolde sehen und sterben

Kommissar Marek und die Kunst

Kommissar Mareks sechster Fall

Kriminalroman

© 2018 Volker Jochim

Umschlag, Illustration: tredition,
Volker Jochim (Foto)

Verlag und Druck: tredition GmbH,
Halenreie 42, 22359 Hamburg

1. Auflage

ISBN

Paperback	978-3-7469-2304-8
Hardcover	978-3-7469-2305-5
e-Book	978-3-7469-2306-2

1

Es war Mitte August und der Sommer zeigte sich von seiner besten Seite. Täglich lachte die Sonne von einem wolkenlosen, blauen Himmel und die Temperaturen kletterten schon am Vormittag auf tropische Werte. Während die Bauern im Hinterland wegen der Hitze und der anhaltenden Trockenheit jammerten, rieben sich die Hoteliers und Restaurantbesitzer in Caorle die Hände. Ein seit Jahren nicht mehr dagewesener Ansturm von Touristen, vorwiegend aus Österreich und Deutschland, hatte die kleine Stadt fest im Griff. Selbst an den wenigen freien Strandabschnitten, die nicht gerade zu einem Hotel gehörten, war kaum noch ein Stehplatz zu finden. Auch dort lagen die sonnenhungrigen Fremden, mit ihren ölig glänzenden und von der Sonne verbrannten, feuerroten Körpern, wie die Sardinen in ihrer Büchse. Sollte doch noch irgendwo ein kleines Fleckchen Sand frei sein, wurde es umgehend von den lieben Kleinen der Sonnenanbeter in Besitz genommen, die dann feine Löcher gruben, in denen man sich trefflich die Beine brechen konnte, falls man nicht ununterbrochen nach unten schaute. Oder aber sie bewarfen sich gegenseitig mit dem feinen Sand, der sich dann auf den eingeölten Körpern der Eltern festsetzte und sie wie ein paniertes Schnitzel aussehen ließ. Dies führte dazu, dass die lieben Kleinen eine Tracht Prügel bezogen, was wiederum in ein sirenenartiges Geheul mit der Lautstärke einer Kreissäge mündete. Das ganz normale Strandleben also.

***

Marek hatte vor ein paar Tagen mit Silvana und Michele Ghetti, sowie dessen neuer Freundin Chiara seinen Geburtstag gefeiert. Eigentlich lehnte er es seit Jahren schon ab, das Älterwerden auch noch zu feiern, aber Silvana hatte ihn überredet diesen Tag in Rosangelas Trattoria gebührend zu begehen. Also willigte er ein. Was blieb ihm auch anderes übrig und als Rosa die köstlichen Speisen auftischte, war alles vergessen. Als Vorspeise gab es *caparosso'li* dazu einen Pinot Grigio del Piave. Danach *bisato su l'ara,* eine Spezialität aus Murano, mit Polenta. Als Desert gab es Käse und Obst und zu Caffè und Grappa servierte Rosa noch *baico'li*, die sie extra in Venedig besorgt hatte. Nach diesem Essen war er froh nachgegeben zu haben, denn es wurde noch ein schöner, langer und feuchtfröhlicher Abend.

***

Bereits am Nachmittag hatten ihn nacheinander seine Freunde aus Frankfurt angerufen, um ihm zu gratulieren. Bei dieser Gelegenheit hatte ihn Jakob Jung gefragt, wann er denn einmal wieder in die alte Heimat käme. Versprochen hätte er es ja schon mehrfach, nur bis dato noch nicht gehalten. Aus einer plötzlichen Laune heraus sagte er zu, in der folgenden Woche sein Versprechen einzulösen und nach Frankfurt zu kommen.

Silvana war davon nicht gerade begeistert, zumal er vorhatte mit seinem alten Lada Niva zu fahren und sie der Meinung war, dass er es mit diesem altersschwachen Gefährt nicht einmal bis zur italienischen Grenze schaffen würde.

***

Marek überlegte noch, ob er die kürzere Strecke über Udine, oder die längere über Verona nehmen sollte. In einem Anflug von Sentimentalität entschied er sich für letztere, da dies die Strecke war, auf der er damals bei seinem Umzug nach Caorle kam.

Am späten Montagabend fuhr er, nach fast sechszehn stündiger Fahrt mit fünf Tankstopps, in die Garage eines zentral gelegenen Hotels in der Frankfurter Innenstadt. Im Gegensatz zu seiner früheren Ente brauchte er für dieses Auto bei längeren Strecken wohl einen eigenen Tankwagen.

Nachdem er eingecheckt hatte, rief er sofort Silvana an, um sie über seine unversehrte Ankunft zu informieren. Ihre Erleichterung konnte er förmlich durch das Telefon spüren. Anschließend meldete er Jakob seine Ankunft. Der wollte sofort mit Paul Krüger, seinem alten Kumpel, den er noch von der Polizeischule her kannte, auf einen Schlummertrunk vorbeikommen, doch Marek war müde und hatte nur noch das Bedürfnis zu schlafen. Also verabredete man sich für den nächsten Morgen zum Frühstück im Hotel.

Er ging hinauf in sein Zimmer, zog sich aus und warf sich auf das Bett, was ächzend gegen diese Behandlung und sein Gewicht protestierte. Die Temperaturen waren in Frankfurt bei weitem nicht so hoch wie in Caorle und so fiel er gleich in einen festen und traumlosen Schlaf.

***

Als Marek am nächsten Morgen frisch und erholt den Frühstücksraum betrat, grinsten ihm schon die Gesichter seiner beiden Freunde von einem Tisch in der hinteren Ecke entgegen. Er wurde sofort freudig begrüßt, umarmt und geherzt, als hätte man sich seit ewigen Zeiten nicht mehr gesehen. Dabei war der Besuch der beiden bei ihm in Caorle gerade einmal ein Jahr her.

„Nun erzähl schon, wie geht's dir?", fing Paul sofort an, ihn auszufragen.

„Darf ich mich erst einmal setzen und einen Kaffee trinken?"

„Aber selbstverständlich. Setz dich hierhin. Wir haben auch schon Frühstück besorgt."

„Habt ihr auch noch etwas auf dem Büfett gelassen?", grinste Marek, als er auf den Tisch sah.

Dort stand ein Teller mit Wurst, einer mit Käse, mehrere Schälchen mit Marmelade und zwei Teller mit Brötchen und Croissants.

„Aber sicher, nur den Kaffee muss man sich selbst an der Maschine dort holen. Kaffee in Kännchen gibt's wohl nicht mehr."

„Ihr seid schon versorgt, wie ich sehe."

„Ja, wir wussten ja nicht wann du kommst."

Marek ging zu der großen Kaffeemaschine, stellte eine Tasse unter den Auslauf und drückte auf den Knopf, auf dem eine kleine Tasse abgebildet war. Das Mahlwerk setzte sich in Gang um kurz darauf schon wieder zu verstummen. Dann floss eine Flüssigkeit in seine Tasse, die das Aussehen von abgestandenem Spülwasser hatte. Er verzog angewidert das Gesicht, als er daran gerochen hatte. Willkommen in Deutschland.

„Bei den Hotelpreisen könnte man ja etwas anders verlangen", maulte er, als er wieder bei seinen Freunden am Tisch saß.

„Mit ausreichend Zucker und Milch kann man ihn trinken", meinte Jakob und legte sich zwei Scheiben Wurst und eine Scheibe Käse auf ein halbes Brötchen.

„Nun erzähl mal, wie ist es dir ergangen?", drängte Paul.

„Mir geht's soweit gut", erwiderte Marek, „aber wo ist eigentlich der Doc?"

„Der lässt sich entschuldigen. Er hat heute Vormittag eine wichtige Autopsie durchzuführen und der Staatsanwalt wollte keine Verschiebung dulden."

„Schade. Kann man nichts machen."

Dann musste er ausführlich über die letzten drei Fälle berichten, an denen er mitgearbeitet hatte. Den Fall der verbrannten Leiche im Dreikönigsfeuer am Strand von Caorle, der ihn seine geliebte Ente und fast das Leben kostete, den Fall des deutschen Arztes, der auf unvorstellbare Weise die Leiche seiner Tochter entsorgen wollte und erst vor kurzem den Fall eines Rachefeldzugs mit einem Mörder, der sich für den Erzengel Gabriel hielt.

„So, jetzt wisst ihr alles, und wie sieht es bei euch aus?", fragte er, als er seinen Bericht beendet hatte.

„Es macht keinen Spaß mehr, seit du weg bist", winkte Jakob ab. „Dein Nachfolger ist ein borniertes Arschloch. Er meint, mir ständig Befehle erteilen zu können."

„Da ist er ja wohl bei dir an der richtigen Adresse", lachte Marek.

„Schon, aber bei mir ist schon zweimal die Innere aufgetaucht, weil dieser Idiot behauptet hat, ich würde Ergebnisse absichtlich zurückhalten. Ich mache Dienst nach Vorschrift. Halt nicht so, wie bei dir damals."

„Das waren noch Zeiten", ergänzte Paul mit Resignation in der Stimme.

„Lasst uns von etwas erfreulicherem reden. Was wollen wir unternehmen? Habt ihr vielleicht schon etwas vor?"

„Ja, wir dachten, da du immer so gerne ins Museum gegangen bist, gehen wir heute ins Städel. Da wird morgen offiziell eine Nolde Retrospektive eröffnet. Ich dachte, das würde dich interessieren, zumal sich ja an Emil Nolde die Geister scheiden."

„Ja sicher interessiert mich das, aber was machen wir heute im Städel, wenn die Ausstellung erst morgen eröffnet wird?"

Jakob Jung konnte sich ein verschmitztes Grinsen nicht verkneifen.

„Tja, da ich Fördermitglied des Städel bin, komme ich, natürlich auch mit den anderen Mitgliedern, in den Genuss einer exklusiven Sonderführung, bevor morgen der Ansturm losbricht. Und Gäste darf ich auch mitbringen. Da können wir uns in aller Ruhe die Ausstellung ansehen."

„Prima!", freute sich Marek. „Dann lasst uns gehen. Das heißt, wenn ihr fertig gefrühstückt habt."

„Wir haben noch etwas Zeit", beeilte sich Jakob zu sagen, „Paul, bringst du mir bitte noch einen Kaffee mit, wenn du eh gehst?"

Dann nahm er sich noch ein Brötchen und belegte es wieder großzügig mit Wurst und Käse.

Dieses Frühstück hier war für Marek nicht genießbar. Er würde sich unterwegs noch etwas besorgen. Wurst und Käse waren offenbar Aufschnitt vom Discounter. Die Brötchen waren aufgebacken und schmeckten nach Pappe und der Kaffee war eine ungenießbare Spülbrühe. Unglaublich, wie seine Freunde dieses Zeug in sich hinein stopfen konnten.

2

Der Himmel war milchig weiß und die schon recht hochstehende Sonne warf ein gleißendes Licht auf die Wolkenkratzer des Bankenviertels. Marek ließ seinen Blick über die Skyline seiner Heimatstadt gleiten, als sie gerade den Main in Richtung Sachsenhäuser Museumsufer überquerten. Nein, das war nicht mehr seine Stadt. Diese Glastürme des Turbokapitalismus erdrückten alles schöne, was diese Stadt einmal für ihn ausgemacht hatte. Selbst ein so wunderbares, monumentales Bauwerk wie der Kaiserdom, mit seinen fast einhundert Metern Höhe, sah dagegen aus, wie ein achtlos weggeworfenes Spielzeug. Nein, es kam keine Wehmut auf. Er bereute es nicht, nach Caorle gezogen zu sein, selbst wenn dort, dank EU und Globalisierung, mittlerweile auch schon negative Einflüsse zu bemerken waren.

Wie üblich war im Umkreis des Museums wieder einmal kein Parkplatz zu finden. Notgedrungen mussten sie zum nächsten Parkhaus fahren und die fünfzehn Minuten Fußweg zum Museum auf sich nehmen.

Vor der Treppe zum Eingang wartete schon eine größere Gruppe von Menschen unterschiedlichster

Couleur. Einige in eleganten Anzügen und ihre Frauen im kleinen Schwarzen und mit Schmuck behängt wie ein Weihnachtsbaum. Im krassen Gegensatz dazu einige andere im zerknitterten Leinensakko und Jeans oder bunten, langen Kleidern, welche an die späten sechziger Jahre erinnerten.

Da bis zur Führung noch etwas Zeit war, steckte sich Marek eine Zigarette an und Jakob erklärte ihm, dass für diese Retrospektive alles an Werken von Nolde zusammengetragen werden konnte, was überhaupt möglich war. Ein Teil der Ausstellung sei sogar ausschließlich den *ungemalten Bildern* gewidmet. Dies wiederum konnte Paul nicht verstehen.

„Wie kann man Bilder ausstellen, die nicht gemalt wurden?"

Jakob erklärte ihm kurz, was es damit auf sich hat. Dass Noldes Werk, trotz seiner Mitgliedschaft in der NSDAP, von den Nazis zu entarteter Kunst erklärt und er mit einem Malverbot belegt wurde.

„…so malte er heimlich kleine Aquarelle auf Japanpapier. Man spricht von über tausend Bildern. Ungemalte Bilder, da sie ja nicht existieren durften."

Den Rest würde er ja bei der Führung sehen. Dann war es soweit. Wie auf ein geheimes Kommando setzte sich die Gruppe in Bewegung und ging nach oben ins Foyer, wo sie von dem Kurator der

Ausstellung begrüßt wurden. Nach ein paar einleitenden Worten, bat er dann die ausgesuchte Besuchergruppe ihm zu folgen.

Das erste, was Marek auffiel war, dass sein geliebter Goethe fehlte. Im ersten Ausstellungsraum hing sonst *Tischbeins* Monumentalgemälde *Goethe in der Campagna* genau gegenüber dem Eingang und war natürlich ein Blickfang. Nun wurde es wohl vorübergehend durch andere Werke ersetzt.

Der Kurator gab in den nächsten Räumen ein paar erklärende Hinweise zu Werken von Noldes Kollegen aus der Künstlergruppe *Die Brücke,* wie Ernst Ludwig Kirchner und Karl Schmidt-Rottluff, deren expressionistische Werke dort auch zu bewundern waren. Dann ging es durch einen Raum, in dem eine Verkaufstheke für Ausstellungskataloge und diversen Nippes mit Nolde Motiven aufgebaut war, in einen schmalen Gang zum neueren Westflügel, in dem die Sonderausstellungen untergebracht waren. Schon über der Tür war Marek ein kleiner Streifen eines orangefarbenen Netzes aufgefallen, das sich nun an der Decke des Gangs fortsetzte. Auf den ersten Blick schien dieses Netz aus Plastik zu bestehen und hatte an einigen Stellen dunkle Flecken, als ob jemand erfolglos versucht hatte es abzufackeln. Die Erklärung kam in Form eines kleinen Hinweisschilds an der Wand, was dem staunenden Besucher erklärte, dass es sich dabei auch um ein Kunstwerk, und bei den dunklen Flecken um zum Kunstwerk gehörendes Graffiti handelte.

Der Kurator bat die Gruppe eine Treppe hinunter und in einen weiteren Gang, an dessen linker Seite sich eine Brüstung befand, hinter der eine weitere kleine Treppe nach unten führte. An dieser Treppe hielt er an.

„Meine sehr verehrten Damen und Herren. Kommen wir nun zu der einmaligen Ausstellung von Werken Emil Noldes, die es in diesem Umfang wahrscheinlich so nicht wieder geben wird. Es ist uns gelungen sein umfassendes Werk mit Leihgaben der Nolde Stiftung, privater Sammler und anderer Museen, und natürlich auch aus unserem eigenen Fundus, in dieser Ausstellung zusammenzuführen."

Marek beugte sich über die Brüstung und sah nach unten. In das grau-weiße Schachbrettmuster des Bodens der kleinen Vorhalle war ein weißes Rondell eingearbeitet, das von sechs weißen Säulen eingerahmt wurde. Und mitten in diesem Rondell lag eine Gestalt, die wie der vitruvianische Mensch von Leonardo da Vinci drapiert war. Nur mit dem kleinen Unterschied, dass diese Gestalt hier bekleidet war. Und tot war sie offensichtlich auch. Ein großer, roter

Fleck hatte sich auf dem Hemd der Gestalt ausgebreitet, bei der es sich zweifellos um einen Mann von etwa fünfzig Jahren handelte.

„Entschuldigen Sie bitte", unterbrach Marek den Vortrag, „aber das da unten sieht eher wie ein Werk von Joseph Beuys aus, als eins von Nolde, oder?"

Der Kurator stockte irritiert in seiner Ansprache und eine Frau mittleren Alters, in einem schwarzen Cocktailkleid mit Pailletten, die sich neugierig über die Brüstung gebeugt hatte, schrie hysterisch auf. Dann drängte es die ganze Gruppe zur Brüstung und ein wildes Stimmengewirr folgte.

„Mein Gott", murmelte der Kurator und fasste sich an die Stirn.

„Der wird ihm auch nicht mehr helfen können", erwiderte Marek, „der Mann ist offenbar tot."

Kaum gesagt, wollten plötzlich alle nach unten laufen, um sich das bizarre Geschehen aus der Nähe zu betrachten. Vielleicht dachten auch einige an eine künstlerische Performance.

„Stopp!", brüllte Marek. „Niemand geht da runter bevor die Polizei alles aufgenommen hat und da wir von der Polizei sind, fangen wir auch schon einmal damit an, bevor die Kollegen kommen."

Ein Grummeln ging nun durch die Gruppe.

„Können Sie sich denn ausweisen?", fragte der

17

Kurator, dem die Sache sehr suspekt erschien.

Marek stieß seinen Freund Paul in die Seite.

„Du hast doch hoffentlich deinen Dienstausweis dabei?", raunte er ihm zu.

„Ja, aber wir sind doch privat hier."

„Scheiß drauf! Mach schon."

Widerwillig zog Paul seinen Ausweis aus der Tasche und hielt ihn in die Höhe.

„Polizeihauptmeister Paul Krüger. Dies hier sind Jakob Jung von der Kriminaltechnischen Abteilung und ..."

Ein weiterer Stoß in die Rippen brachte ihn dazu den Satz zu vollenden.

„... und Hauptkommissar Robert Marek. Ich muss Sie bitten das Museum nicht zu verlassen. Später werden Ihre Aussagen aufgenommen. Sie können so lange in einem der vorderen Ausstellungsräume Platz nehmen. Bis unsere Kollegen eintreffen, werden wir eine erste Untersuchung vornehmen. Danke."

Murrend verzog sich die Gruppe in zwei Ausstellungsräume, in denen es Sitzgelegenheiten gab. Unterdessen stiegen Marek und seine Freunde die Treppe hinunter, um die skurrile Situation aus der Nähe in Augenschein zu nehmen.

„Ich muss die Kollegen informieren", meinte Jakob, „bis die hier sind haben wir noch genügend

Zeit."

„Das mach ich schon", erwiderte Krüger, „seht ihr zu, was ihr rausbekommen könnt, bevor die ganze Kavallerie hier auftaucht."

Marek machte mit seinem Handy schnell ein paar Fotos, dann fing Jung vorsichtig an, die Gestalt am Boden näher zu untersuchen. Dabei vermied er es tunlichst eigene Spuren zu hinterlassen. Schließlich hatte er offiziell frei. Marek überprüfte inzwischen den Raum auf mögliche Spuren der Tat.

Krüger war nach oben gegangen, um seine Freunde rechtzeitig informieren zu können, wenn die Kollegen eintrafen.

„Ich bin soweit fertig, Robert."

„Und, was hast du gefunden?"

„Der Mann ist etwa Anfang fünfzig. Er hat eine Kopfverletzung am Hinterkopf mit einem möglichen Schädelhirntrauma, und er hat eine Stichverletzung in der Brust. Beides könnte die Todesursache sein. Da es nur wenig Blut gibt, wurde er entweder woanders umgebracht, oder er ist hier innerlich verblutet. Der Stich liegt im Bereich des Herzens, wäre also möglich."

Sie setzten sich auf eine weiße Bank. Hier war alles in Weiß gehalten und machte einen kalten, unpersönlichen Eindruck.

„Deine Theorie könnte stimmen. Ich habe Blutspuren an der unteren Kante der Treppenbrüstung gefunden. Jemand hat versucht sie eiligst abzuwischen, aber auf der weißen Farbe ist das nicht möglich. Entweder er ist mit dem Kopf dort aufgeschlagen, nachdem er den Stich bekam, oder er wurde gegen die Kante gestoßen und dann abgestochen, als er schon bewusstlos auf dem Boden lag."

„Bleibt noch …", weiter kam er nicht, denn Krüger erschien oben an der Treppe.

„Sie sind da."

„Wer hat die Leitung?", wollte Jakob wissen.

„Hauptkommissar Schulthe."

„Scheiße!", brummte Marek.

„Kennst du den?"

„Ja. Ein dämliches, korruptes Arschloch. Seit wann ist der beim Mord? Früher war er bei der Sitte. Der sieht nicht einmal einen Mörder, wenn er mit der blutigen Tatwaffe vor ihm steht und mit einem Geständnis winkt."

„Na dann viel Vergnügen."

Es wurde laut. Eine kleine Gruppe in weißen Plastikanzügen und mit Alukoffern kam die Treppe hinunter. Sie begrüßten kurz Jakob Jung und fingen dann an zu arbeiten. Es wurden Fotos gemacht, nach Fingerabdrücken und anderen Spuren gesucht. Kurze Zeit später waren die weißen Wände, die weißen Fliesen des Bodens, die weißen Säulen und die weiße Bank mit grauem Grafitpuder übersät.

„Marek! Ich fasse es nicht!"

Ein Mann kam langsam die Treppe hinunter. Mit seiner grünen Hose, dem roten Sakko und dem, bis fast zum Bauchnabel aufgeknöpften, weißen Hemd sah er aus, wie die Karikatur eines Zuhälters. Dazu trug er elegante, hellbraune Slipper mit einer Goldschnalle.

„Ich dachte, die hätten dich vor Jahren endlich aus dem Verkehr gezogen."

„Du mich auch", knurrte Marek. Den Rest seiner Antwort verkniff er sich.

„Ihr habt hoffentlich nichts angefasst."

„Natürlich nicht. Wir haben brav gewartet, bis der große Meister kommt. Im Gegensatz zu dir wissen wir, wie man sich an einem Tatort verhält."

Marek merkte, wie sein Blutdruck langsam in ungesunde Höhen stieg. Schulthe hingegen tat so, als hätte er nichts gehört.

„Ah, der Herr Jung ist auch da. Sieh an, sieh an. Dann muss der da hinten wohl der Krüger von der Streife sein. Da haben wir ja das gesamte Dream Team zusammen."

„Für Sie immer noch Herr Krüger", beschwerte

sich Paul.

„Gebt eure Aussagen dem Kollegen da hinten zu Protokoll und dann verschwindet."

„Kannst du immer noch nicht lesen und schreiben?", stichelte Marek weiter. „Dann warst du wohl mit dem Chef in der Sauna um den Job zu bekommen, oder was hast du sonst dafür gemacht?"

Schulthe zuckte kurz zusammen, beherrschte sich dann aber. Jakob stieß Marek an.

„Komm, lass uns verschwinden bevor noch ein Unglück passiert."

Die drei Freunde gaben einem uniformierten Beamten ihre Aussagen zu Protokoll und verließen das Museum. Draußen steckte sich Marek eine Zigarette an und inhalierte tief.

„Musstest du ihn so provozieren?", fragte Paul.

„Ja", grinste Marek, „du hast doch gesehen, was das für ein Arschloch ist."

„Schade, das war es dann erstmal mit der Ausstellung", meinte Jakob resigniert, „und was machen wir nun?"

„Gibt es hier irgendwo einen Kaffee? Wir haben ja schließlich noch etwas zu besprechen."

„Gute Idee. Gehen wir doch gleich da vorne ins Liebighaus. Da ist neben dem Museum ein nettes Café."

***

Marek, Paul und Jakob saßen im Garten des Cafés, tranken Cappuccino, der nach Mareks Geschmack sogar akzeptabel war, und diskutierten über die Geschehnisse im Museum. Marek selbst hatte sich noch ein paar belegte Brötchen geholt, die er nun genüsslich vertilgte.

„Was hat es eigentlich mit diesem Schulthe auf sich?", fragte Jakob. „Wieso seid ihr euch so spinnefeind? Dass er ein arroganter Schnösel ist, hab ich ja selbst gesehen."

„Das ist schon lange her. Paul kennt ja die Geschichte. Ich hatte einen Mordfall im Bahnhofsviertel. Eine junge Prostituierte wurde übel misshandelt und dann erstochen. Sah aus wie ein Schlachtfest von Jack the Ripper. Kai Schulthe war bei der Sitte und hatte damals auch schon keinen guten Ruf. Da diese Gegend sein Revier war, liefen wir uns zwangsläufig über den weg. Bei meinen Ermittlungen fand ich heraus, dass er auf den Lohnlisten einiger Zuhälter und Clubbesitzer stand. Ein Informant steckte mir, dass Schulthe die Ermordete sehr gut kannte. Ich ging zu seinem Chef und sagte ihm, er solle den Kerl aus dem Verkehr ziehen, was er aber nicht tat."

„Warum hast du die Innere nicht eingeschaltet?"

„Nie im Leben würde ich diese Säcke einschalten.

Dann regle ich die Dinge lieber selbst."

„Und das hast du dann auch gemacht?"

Marek grinste.

„Das Mädchen gehörte zu einem Rauschgiftring und hatte ein Pfund Koks unterschlagen. Dafür wurde sie abgeschlachtet. Als ich das Schwein endlich erwischte, das ihr das angetan hatte, verdichteten sich die Hinweise, dass Schulthe mit drin hing. Nur beweisen konnte ich es nicht und in dem Milieu hält man dicht. Er wusste auch, dass ich bei seinem Chef war. Eines Abends passte er mich in der Moselstraße ab. Ich konfrontierte ihn mit dem was ich wusste. Er gab es sogar zu und lachte mich aus. Ich könne ihm nie etwas nachweisen und hier gäbe es keine Zeugen. Da hab ich ihn in eine Einfahrt gezerrt und ihn nach Strich und Faden verprügelt. Dafür gibt es auch keine Zeugen, sagte ich ihm und ließ ihn liegen. Zwei Wochen war er im Krankenhaus und eine Reihe neuer Beißerchen brauchte er auch. Daher unsere innige Zuneigung."

„Das kann ich gut verstehen", meinte Jakob mit einem Lächeln und ging Nachschub holen.

„So, nun lasst uns mal über die Geschichte im Museum reden", nahm Marek den Faden wieder auf, nachdem alle mit frischem Cappuccino versorgt waren. „Jakob, du rufst am besten den Doc an. Vielleicht kann er es hinbiegen, dass er die Leiche zur Obduktion bekommt. Dann erfahren wir wenigstens genauer, was passiert ist und wer der Mann war."

„Gut, das mache ich gleich."

„Wer er war kann ich dir schon sagen", meldete sich Paul, während sich Jakob ein ruhiges Fleckchen zum Telefonieren suchte.

„Woher weißt du das denn?"

„Ganz einfach. Als ich oben auf unsere Leute wartete, habe ich ein paar aus der Gruppe befragt und der Kurator meinte ihn erkannt zu haben."

„Und wer ist er?", drängte Marek.

„Genau gesehen hat er den Toten nicht, aber er war sich ziemlich sicher, dass der Mann für die Nolde Stiftung gearbeitet hat."

„Von dieser Stiftung stammen ja auch die meisten Exponate. Das würde zumindest seine Anwesenheit im Museum erklären. Kannte er auch den Namen?"

„Osmers, oder so ähnlich, meinte er. Genau konnte er sich nicht erinnern. Er sei zusammen mit den Bildern aus Seebüll, wo auch immer das ist, hier angekommen und war während der Ausstellungseinrichtung immer anwesend."

„Seebüll liegt an der dänischen Grenze. Da ist das Nolde Museum."

„Schönen Gruß vom Doc. Er macht was er kann."

Jakob hatte sich wieder zu ihnen gesellt.

„Danke. Wir müssen zuerst alles über diesen Osmers herausfinden. Vor allem, was seine Aufgabe hier war."

„Wer zum Teufel ist Osmers?"

„Das ist unser Toter. Paul hat den Namen vom Kurator."

„Ich habe noch eine Überraschung für dich. Ich habe für heute Abend einen Tisch im l'Angolo bestellt. Gianluca freut sich schon wie Bolle."

Marek strahlte über das ganze Gesicht.

„Das ist ja eine tolle Überraschung. Wollte schon fragen, ob es den Laden noch gibt."

„Treffen wir uns um acht Uhr dort. Ich gehe mal davon aus, dass du noch ein bisschen herumschnüffeln willst."

***

Nachdem die Freunde sich getrennt hatten, ging Marek zurück ins Museum. Sehr zu seiner Verwunderung konnte er einfach hineingehen und sich eine Eintrittskarte kaufen. Auch der Buchladen und das Café waren geöffnet. Hier ist ein Mord geschehen und nichts ist abgesperrt? Er konnte es nicht fassen.

Erst am Durchgang zum Westflügel, dort wo das orangefarbene Netz die Decke zierte, stand ein Mitarbeiter des Museums.

„Entschuldigen Sie, aber hier können Sie heute nicht hinein. Die Polizei hat den ganzen Bereich für heute gesperrt. Mehr kann Ihnen leider nicht sagen, aber morgen zum Ausstellungsbeginn sind die Räume wieder freigegeben."

Marek bedankte sich, ging zurück zum ersten Ausstellungsraum, setzte sich und starrte auf die Wand, an der normalerweise Tischbeins Goethe hing. Dieser Kai Schulthe war völlig unfähig, was er hier wieder einmal unter Beweis gestellt hatte. Man hätte das ganze Museum sperren und akribisch Raum für Raum untersuchen müssen. Falls der Täter irgendwo eine Spur hinterlassen hatte, war sie nun garantiert nicht mehr zu gebrauchen. Seufzend erhob er sich und ging Richtung Ausgang. Morgen würde er garantiert wiederkommen und sich die Ausstellung genau ansehen. Irgendwie hatte er das Gefühl, dass der Mord damit in Zusammenhang stand.

***

Marek schlenderte am Mainufer entlang, überquerte die Holbein-Brücke und fand sich fünfzehn Minuten später im Bahnhofsviertel wieder. In den letzten beiden Jahren hatte sich wohl einiges verändert, es gab mehr exotische Lokale und Bars, auch waren manche Fassaden renoviert, aber im Grunde war die ganze Gegend noch immer so abstoßend wie früher, als er noch hier ermitteln musste.

„Wenn ich schon einmal hier bin", dachte er, „kann ich ja auch mal bei Jo reinschauen, falls er noch lebt."

Jo, oder Josef Gablonsky, wie er mit vollem Namen hieß, war ein ehemaliger polnischer Boxer, der seit mindestens zwanzig Jahren eine kleine Spelunke unterhielt, in der man morgens um vier noch ein letztes Bier, oder um halb fünf schon einen ersten Kaffee bekam. Und Jo war Mareks Informant in dieser Gegend gewesen. Marek hatte ihm vor vielen Jahren aus einer misslichen Situation geholfen und ihn vor ein paar Jahren Knast bewahrt. Dafür zeigte sich Jo anschließend durch Informationen aus dem Milieu erkenntlich.

Der Laden sah noch genauso verkommen aus wie damals. Nur etwas war neu. Die kleine Leuchtreklame im Fenster. *Coffee to go* blinkte dort in Lila, Blau, Rot und Grün. Jo ging eben auch mit der Zeit.

Marek sah durch die schmutzige Scheibe. Der Laden war leer. Nur Gablonsky lehnte über dem Tresen und blätterte in einer Zeitung. Er sah aus wie immer.

„Ja", brummte er, ohne den Kopf zu heben, als Marek die Kneipe betrat.

„Hallo Jo. Empfängt man so seine Freunde?"

Gablonsky löste den Blick von der Zeitung und

starrte seinen Gast an. Dann überzog ein breites Grinsen sein vernarbtes Gesicht.

„Mensch Marek! Gibt's dich noch? Das ist ja ewig her. Dachte schon, die hätten dich aus dem Verkehr gezogen. Erzähl mal, was machst du?"

„Langsam, nicht alles auf einmal. Hast du ein Bier? Ich meine ein richtiges?"

„Na klar, für dich nur das Beste."

Er ging nach hinten in die kleine Küche und kam kurz darauf mit zwei Bierflaschen zurück.

„Prost! Aber nun erzähl schon. Was treibst du?"

Marek erzählte ihm die ganze Geschichte, wie es ihn damals nach Italien verschlagen hatte.

„Und? Hast du's bereut? Vermisst du nichts?"

Marek trank sein Bier aus und Jo holte Nachschub.

„Was sollte ich denn vermissen?"

„Na, zum Beispiel deine Kollegen."

„Die bestimmt nicht, außer Jakob und Paul natürlich! Die lieben Kollegen waren doch mit ausschlaggebend, dass ich in den Sack gehauen hab."

„Ich dachte, deine bevorstehende Versetzung."

„Die auch, aber mit diesen wandelnden Dienstvorschriften konnte ich nicht mehr länger zusammenarbeiten."

Jo musste grinsen. Er kannte Mareks Methoden,

die sich nicht immer im Bereich der Legalität beweg-
ten, sehr genau. Aber in der Unterwelt hatte man
Respekt vor ihm, besonders hier im Kiez.

„Sag mal, wo wir gerade beim Thema Kollegen
sind, du kennst doch den Schulthe?"

Jo's Miene verdüsterte sich.

„Ein ganz mieser Typ. Treibt sich immer noch hier
rum, obwohl er angeblich nicht mehr bei der Sitte ist.
Sieht aus, wie ein Zuhälter aus dem Fernsehen, fährt
'ne dicke Karre und hat Kohle."

„Woher?"

„Warum willst du das wissen?"

„Paul, Jakob und ich haben vorhin im Museum
eine Leiche gefunden und Schulthe, der jetzt im
Morddezernat ist, tauchte dort als leitender Ermittler
auf. Kannst dir ja vorstellen, was das für eine Wie-
dersehensfreude war."

„Besonders, nachdem du ihn damals ins Krankenhaus geprügelt hast", lachte Jo.

„Woher weißt du das denn?"

„Schon vergessen? Ich bin hier zuhause."

„Stimmt, und deshalb brauche ich ein paar Infos
von dir. Ich will dieses Arschloch endgültig aus dem
Verkehr ziehen."

„Sei vorsichtig! Der Typ hat hier mächtige Freunde. Es heißt, dass er auf der Lohnliste des Hasani

Clans steht und die verstehen keinen Spaß."

Marek sah Jo fragend an.

„Was für ein Clan?"

„Hier hat sich in den letzten Jahren einiges verändert. Die Russen und die Albaner haben sich hier fast alles unter den Nagel gerissen. Schulthe hat früher ein paar Nutten und Zuhälter abkassiert. Gegen Gefälligkeiten, versteht sich. Als die Hasanis dann hier auf der Bildfläche erschienen und sich breit machten, haben die ihn quasi übernommen. Er versorgt sie mit Informationen und verdient nicht schlecht dabei."

„Du meinst, er vertickt polizeiliche Informationen an die?"

„Genau. Die Clubs und der Strich sind für die nur ein Nebengeschäft. In der Hauptsache geht es um Drogen und Waffen. Die lassen es sich was kosten zu erfahren, wann eine Razzia ansteht."

„Und wo findet so ein Austausch statt?"

„Dreh dich mal um und sieh aus dem Fenster."

Marek sah auf die andere Straßenseite. Dort waren mehrere Striptease Lokale und Nachtclubs nebeneinander. Bei Tag betrachtet wirkten sie nur schmutzig und erbärmlich, aber nachts wurde der ganze Dreck vom roten Neonlicht übertüncht.

„Welches gehört denen?"

„Alle, aber in der Venus Bar treffen sie sich meistens. Der Geschäftsführer heißt Bogdan. Ist ein ehemaliger Söldner, soviel ich weiß. Ein ganz übler Bursche. Der ist Schulthes Kontakt, aber das hast du nicht von mir. Wenn da was rauskommt bin ich am Arsch."

„Versteht sich doch von selbst. Danke dir", sagte Marek und legte einen Schein auf den Tresen.

„Steck ein. Geht aufs Haus."

***

Nachdenklich ging Marek zum Bahnhof, nahm sich ein Taxi und fuhr zu seinem Hotel. Unterwegs musste er den Taxifahrer mehrfach auf den richtigen und kürzesten Weg hinweisen, da es sonst eine sündhaft teure Stadtrundfahrt geworden wäre. Doch selbst das gestaltete sich schwierig, da der Fahrer kaum der deutschen und Marek nicht der pakistanischen Sprache mächtig war. Den Fahrer interessierte es offenbar überhaupt nicht und er versuchte es immer wieder. Irgendwann erreichten Sie dann doch unbeschadet das Hotel und das trotz des abenteuerlichen Fahrstils.

„Warum glauben Taxifahrer, dass Verkehrsregeln für sie nicht gelten?", dachte Marek und ging auf sein Zimmer. Trinkgeld gab er natürlich keines, was bei dem Fahrer zu einer unverständlichen Schimpftirade führte.

3

Das Mittagsbuffet war noch geöffnet und so gönnte sich Marek ein spätes Mittagessen. Er wählte *Züricher Geschnetzeltes mit Butterspätzle*, ein Gericht, was offenbar Standard auf nahezu allen Buffets größerer deutscher Hotels war. Wenn man einmal davon absah, dass die Champignons, die in der Soße schwammen, aus der Dose und die Spätzle kalt waren, konnte man das ganze doch noch genießen. Es gab Schlimmeres.

Auf seinen Kaffee nach dem Essen verzichtete er wohlweislich. Zum einen, weil er hier im Hotel nicht rauchen durfte und zum anderen wollte er sich nicht auch noch durch dieses Spülwasser, das hier als Kaffee verkauft wurde, die Laune vermiesen lassen.

Als er rauchend vor dem Hotel stand und die nicht enden wollende Blechlawine beobachtete, die sich auf der Straße an ihm vorbei quälte, beschloss er seinem Freund Kurt Stängl einen Besuch abzustatten. Kurt Stängl, genannt „Doc", war Gerichtsmediziner und neben Paul Krüger und Jakob Jung, der einzige Freund, den er aus seiner aktiven Zeit bei der Frankfurter Mordkommission hatte. Er ging in die Tiefgarage des Hotels, stieg in seinen Lada und fuhr zum, im Süden der Stadt gelegenen, Rechtsmedizinischen Institut, das sich in einer schön renovierten, alten Stadtvilla befand. Kein Mensch würde vermuten, dass hinter den Mauern dieses Gebäudes an Leichen herumgeschnippelt wurde.

Den stechenden Geruch nach Tod, Formalin und Reinigungsmitteln, der schon manchem schwachen Gemüt auf den Magen geschlagen war, machte Marek nichts mehr aus. Er war es aus seiner aktiven Zeit noch gewohnt.

Marek betrat den Sezierraum. Auf einem der Edelstahltische lag eine Leiche, deren Brustbereich fast wie ein Buch nach beiden Seiten aufgeklappt war. Auf einem Beistelltisch standen mehrere Behälter mit Innereien und auf der anderen Seite, vor einem Schreibtisch, stand der Doc. In der einen Hand ein Diktiergerät und in der anderen ein dick belegtes Wurstbrot, in das er gerade herzhaft biss.

„…in seinem Blut wurde eine erhebliche Dosis Thiopental nachgewiesen, was ihm offenbar durch Injektion in die Halsvene verabreicht wurde", nuschelte der Doc mit vollem Mund in sein Diktiergerät. „Ein Einstich mit ringförmiger Einblutung ist nachweisbar. Die Todesursache…"

„Was ist Thiopental?"

Kurt „Doc" Stängel drehte sich langsam um und

ein breites Grinsen überzog sein Gesicht.

„Ja mei, der Marek!"

„Hallo Doc! Ich dachte, wenn du schon keine Zeit hast zu mir zu kommen, komme ich halt zu dir. Ich frage mich, wie du hier noch essen kannst."

„Man gewöhnt sich dran und essen muss der Mensch. I wär gern mit euch gegangen, aber der Staatsanwalt hat mir den hier aufs Aug gedrückt. Schön dich zu sehn."

„Ich freu mich auch. Letztes Jahr warst du ja verhindert, als die anderen mich in Caorle besucht haben."

„Du woast scho, italienisches Bier bekommt mir net", grinste Stängl, ein fülliger und urgemütlicher Bayer, den nichts aus der Ruhe bringen konnte.

„Da gibt es mittlerweile auch Bier aus deiner Heimat, also keine Ausrede mehr. Was ist denn mit dem da? Was ist Thiopental?"

Stängl drehte sich um und sah auf den geöffneten Leichnam.

„Unschöne Sache. Man hat ihm das Thiopental in einer großen Dosis in die Halsvene injiziert. Thiopental ist ein Barbiturat, was man in geringer Dosierung zur Einleitung einer unkomplizierten Narkose verwendet. Die Amis verwenden das Zeug zur Ruhigstellung vor der Giftspritze bei Hinrichtungen. Bei dem Kollegen hier führte die Überdosierung zu Muskel und Atemwegsverkrampfung, was letztendlich zum Atemstillstand führte. Er ist quasi erstickt, dürfte aber nichts davon mitbekommen haben, da dieses Barbiturat sedativ wirkt."

„Weißt du, wer er ist? Ich meine, aus Eifersucht wird wohl niemand auf so eine komplizierte Weise um die Ecke gebracht."

„…und der Herr Staatsanwalt wäre nicht so scharf drauf", ergänzte der Doc und sah in die Akte, die auf seinem Schreibtisch lag.

„Sergej Popov. Soll wohl laut Staatsanwaltschaft zu einem Drogenkartell gehört haben."

„Das passt. Auf diese Weise gibt es keine Spuren, keine Patronenhülse oder Waffe, die man finden könnte. Höchstens jemand ist so blöd und lässt die Spritze mit Fingerabdrücken am Tatort liegen. Hast du schon einen Blick auf unseren Toten vom Museum werfen können?"

„Freilich, aber nur ganz kurz. Die Wunde am Kopf hat er sich beim Aufschlagen auf einen harten Untergrund zugezogen, was aber nicht zum Tod führte. Todesursache war mit Sicherheit der Stich ins Herz. Er ist innerlich verblutet. Übrigens ein sehr professioneller Stich. Der Täter wusste genau was er tat, damit es keine Sauerei gab. Tatwaffe könnte eine schmale, einschneidige Klinge gewesen sein. Alles Weitere morgen, wenn ich ihn auf dem Tisch hatte."

„Danke Doc. Hast du einen Schnaps? Mir liegt das Essen vom Hotel noch schwer im Magen."

„Aber sicher", grinste Stängl und holte eine Flasche Obstler und zwei Gläser aus seinem Schreibtisch.

„Zum Wohl!"

„Salute! Du kommst heute Abend?"

„Freilich, bis dann."

***

Am Abend trafen sich die Freunde wie verabredet zum Essen im *l'Angolo*, Mareks ehemaligen Stammlokal. Gianluca, der Padrone, war ganz aus dem Häuschen und hatte den früheren Stammtisch seines Freundes reserviert, an dem Jakob Jung, Paul Krüger und „Doc" Stängl bereits Platz genommen hatten und ihm entgegengrinsten, als Marek das Lokal betrat. Gianluca rauschte herbei, umarmte ihn und klopfte ihm unablässig auf den Rücken.

„Roberto! Welche Freude! Wie geht es dir? Erzähl mal, was machst du so in bella Italia?"

Marek hatte Mühe sich zu befreien und musste erst einmal tief Luft holen.

„Langsam, langsam. Es freut mich auch dich zu sehen", schnaufte er, „ich erzähle dir schon alles. Der

Abend ist ja noch jung. Aber jetzt brauche ich erst einmal was Gutes zu essen. Ich habe mir heute Mittag im Hotel den Magen verdorben."

„Kommt sofort. Ich habe schon alles vorbereitet."

„Was gibt's denn?"

„Lass dich überraschen. Für deinen Freund aus Baviera habe ich wieder Schnitzel gemacht. Der isst ja nichts anderes."

„Doch. Haxen, Schweinsbraten und Weißwurst isst er auch."

Gianluca verzog angewidert das Gesicht und verschwand in der Küche, während Marek sich zu den anderen gesellte. Der Kellner brachte den Wein und Wasser und für den Doc das obligatorische Weißbier.

„Ist das wirklich schon zwei Jahre her, seit wir hier zusammengesessen haben?", sinnierte Marek.

„Damals haben wir Abschied gefeiert", meinte Paul, „wenn ich daran denke, bekomme ich heute noch Kopfschmerzen."

„Na dann auf alte Zeiten."

„Auf alte Zeiten."

„Was euren Toten angeht, hat sich das bestätigt, was ich Robert schon heute Nachmittag sagte. Der Mann ist innerlich verblutet. Der Stich wurde schräg von unten geführt und hat die rechte Herzkammer durchbohrt, sowie die Trikuspidalklappe und die

Pulmonalklappe beschädigt. Dadurch konnte der Blutfluss nicht mehr reguliert werden und die Suppe lief zurück in Brust- und Bauchraum. Der Tod trat etwa zwei bis drei Minuten später ein. Aber das ist jetzt nicht offiziell. Morgen schau ich mir den Rest an und den toxikologischen Bericht gibt's dann auch."

„Danke Doc, aber offiziell haben wir nichts damit zu tun. Die Ermittlungen leitet Schulthe."

„Was? Der depperte Arsch, der blede? Ja is der jetzt beim Mord?"

„Offenbar ja. Wir waren auch erstaunt, als der heute Vormittag im Museum ankam. Ich war heute noch bei einem ehemaligen Informanten im Bahnhofsviertel. Der hat mir gesteckt, dass Schulthe jetzt auf der Lohnliste von einem albanischen Clan steht, der sich dort ein großes Stück vom Kuchen abgeschnitten hat. Sein Kontakt ist der Geschäftsführer der Venus Bar. Er heißt Bogdan, ist ein ehemaliger Söldner und gefährlich. Vielleicht kannst du etwas in Erfahrung bringen, Paul. Wäre doch was, wenn wir den Arsch aus dem Verkehr ziehen könnten."

„Das wird nicht so einfach", meinte Paul.

Gianluca und sein Kellner brachten das Essen.

„Ich habe mir gedacht, ich mache das, was ihr damals gegessen habt, als Roberto das letzte Mal hier war. Es gibt überbackene Jakobsmuscheln, marinierten Schwertfisch vom Grill, Käse und zum Abschluss Tiramisu. Für den Dottore gibt es eine Salatplatte und Wiener Schnitzel mit Pommes Frites. Ich hoffe, es ist euch recht."

„Und wie", strahlte Marek.

Während des Essens wurden alte Geschichten wieder aufgewärmt und Marek musste nun auch Kurt Stängl von den Fällen berichten, an deren Aufklärung er in Caorle beteiligt war. Und natürlich wollte der Doc auch wissen, wie das so mit der Rechtsmedizin sei.

„Da gibt es keine…"

„…aber was macht ihr denn da?", fragte Stängl entsetzt.

„Die nächstgelegene wäre in Venedig und das ist etwas zu weit. Da hat man sich entschlossen die unnatürlichen Todesfälle in die Pathologie nach Portogruaro zu bringen. Das ist nicht mal halb so weit. Der Pathologe dort, Dottore Lovati, würde dir auch gefallen. Dem sind sinnlose Vorschriften ebenfalls ein Greul. Nur mit dem Unterschied zu dir ist er Kettenraucher."

Es wurde noch ein langer, feuchtfröhlicher Abend.

4

Am nächsten Morgen erwachte Marek mit einem Anflug von Kopfschmerzen. Er hätte wahrscheinlich nicht so viel von dem Grappa trinken sollen. Er quälte sich aus dem Bett und nahm eine ausgiebige Dusche. Das Frühstück im Hotel verkniff er sich wohlweislich. Irgendwo würde er schon etwas Brauchbares bekommen. Er hatte sich vorgenommen dem Städel nochmal einen Besuch abzustatten. Da man die Ausstellung wieder freigegeben hatte, war das ja dann auch offiziell möglich. Auf dem Weg in die Tiefgarage fiel ihm ein, dass er seinen Wagen gestern Abend bei der Trattoria stehen ließ und mit dem Taxi zurückgefahren war. Es war ein schöner, sonniger Morgen, also stand einem Spaziergang nichts im Weg.

Auf Frankfurts großer Einkaufsmeile, der *Zeil*, fielen ihm die vielen kleinen Gruppen heruntergekommener Männer auf, die mit vergammelten Musikinstrumenten einen Höllenlärm veranstalteten. Mit Musik hatte das eher nichts zu tun. Für Geschäfte und auch Kunden eine Zumutung. Ob das wohl die osteuropäischen Fachkräfte waren, die man, laut der deutschen Bundeskanzlerin, hierzulande so dringend benötigte? Marek hatte da so seine Zweifel.

Nachdem am Morgen in allen Zeitungen über den Toten im Museum berichtet wurde, war der Ansturm der Besucher noch größer als er ohnehin schon gewesen wäre.

Nachdem Marek endlich seine Eintrittskarte erstanden hatte, gönnte er sich im Museums Café ein Croissant und einen doppelten Espresso. Er hoffte, dass sich nach seinem improvisierten Frühstück die Besuchermassen etwas verlaufen hätten. Er hatte wohl falsch gedacht.

Anfänglich ging es noch. In dem Vorraum, in welchem gestern die Leiche gefunden wurde, hielt sich kaum jemand auf. Zu sehen gab es auch nichts mehr. Über Nacht muss hier wohl eine Malerkolonne am Werk gewesen sein. Alle Wände waren frisch geweißt. Keine Blutspritzer und kein Grafitpuder mehr zu sehen.

Da die Ausstellungsräume endlich waren, der Besucherstrom aber nahezu unendlich, war die Endlichkeit bald überfüllt. Genervt schob er sich durch die Massen. Hier und da hörte er haarsträubende Interpretationen der Bildinhalte von Möchtegernexperten, oder Diskussionen, welches Bild in dem jeweiligen Raum wohl die höchste Aussagekraft besaß und was uns der Künstler wohl damit sagen wollte.

Plötzlich entdeckte er den Kurator in mitten einer Gruppe interessierter Zuhörer. Den Mann wollte er unbedingt sprechen und schob sich zentimeterweise in dessen Richtung. Unterwegs hatte Marek das Gefühl, der Sauerstoff würde knapp und er schnappte nach Luft. Als er endlich den Kurator erreichte, hatte der seinen Vortrag gerade beendet und Marek war nass geschwitzt.

„Guten Tag. Erinnern Sie sich noch an mich? Ich hatte gestern den Toten entdeckt."

„Ja sicher. Wie könnte ich das je vergessen. Und jetzt wollen Sie sich die Ausstellung in Ruhe ansehen?"

„Na ja, von Ruhe kann wohl keine Rede sein, aber ich würde Sie gerne etwas fragen."

„Ich habe ihren Kollegen gestern alles gesagt."

„Nein, nein, ich möchte etwas anders wissen."

„Ach so. Wie kann ich Ihnen helfen?"

„Mich würde interessieren, wie solch eine große Ausstellung aufgebaut wird. Wie läuft das ab und vor allem, wer ist daran beteiligt?"

„Das ist ein langwieriger Prozess, den man nicht in drei Sätzen erklären kann."

„Versuchen Sie es bitte trotzdem. Nur ein kurzer Abriss zu meinem Verständnis."

„Nun ja, wenn die Planung, die sich über viele

Monate und auch Jahre erstrecken kann, abgeschlossen ist und die Verträge über die Leihgaben unterzeichnet sind, werden diese Kunstwerke mit Spezialtransporten hier angeliefert. Die meisten Museen schicken eigenes Personal mit, um den Transport zu überwachen. Es geht ja hier um sehr hohe Werte. Private Sammler schicken auch schon mal einen eigenen Sicherheitsbeauftragten mit ihren Schätzen. Manche sogar einen Detektiv."

„Einen Detektiv?"

„Ja, einen Kunstdetektiv. Die überwachen den Auf- und Abbau der Ausstellung und sind während der gesamten Ausstellungszeit hier vor Ort um die Bilder ihrer Auftraggeber zu bewachen."

„Das sind ja eine Menge Leute, die während des Aufbaus hier herumwuseln."

„Ja, da kommt auch noch unser eigenes Personal dazu. Das transportiert unsere eigenen Bilder aus dem Depot und hängt alle Werke an ihre vorbestimmten Plätze."

„Interessant. Und der tote Herr Osmers? Was hatte der hier zu tun?"

„Der kam mit dem großen Transport aus Seebüll und war akkreditiert. Die Nolde Stiftung stellt hier den größten Teil der Exponate."

„Vielen Dank, jetzt würde ich nur noch gerne wissen, wo die *ungemalten* Bilder sind."

„Gleich hier um die Ecke. Sie haben einen eigenen Raum."

In einem separaten, farblich sehr dunkel gehaltenen Raum, hingen viele Dutzend kleinformatige Aquarelle. Eines davon erregte seine Aufmerksamkeit. *Gaut der Rote* stand auf dem Hinweistäfelchen zu lesen. Und genau dieses Bild glaubte er in einem größeren Format eben in der Ausstellung gesehen zu haben. Also gab es offenbar doch gemalte *ungemalte* Bilder.

Marek beließ es dabei und wollte nur noch eins, möglichst schnell raus an die Luft. Er hatte das Gefühl, jeglicher Sauerstoff in den Ausstellungsräumen sei aufgebraucht. Wie die anderen Besucher, die stellenweise noch angeregte Diskussionen führten, das aushielten, war ihm ein Rätsel. Im Foyer traf er wieder auf den Kurator.

„Sagen Sie, diese *ungemalten* Bilder werden doch so genannt, da sie nie nochmal in einem anderen Format entstanden sind. Nun meine ich eben ein Bild gesehen zu haben, was sowohl bei den *ungemalten* Bildern gezeigt wird, als auch in einem anderen Format in der Ausstellung hängt."

„*Gaut der Rote*. Richtig. Herrn Osmers war es auch aufgefallen. Er kam damit zu mir und sprach von einer Fälschung. Wir wussten alle nichts von der Existenz dieses Werks und haben das natürlich sofort untersucht, aber die Expertisen waren eindeutig; das Bild ist echt und damit eine kleine Sensation."

„Aber wussten Sie denn nicht, welche Exponate Ihnen geschickt wurden?"

„Natürlich", meinte der Kurator entrüstet, „aber der Eigentümer hat einfach ein anderes Werk geschickt, als vereinbart und da es sich um ein noch unbekanntes Werk handelte, hatten wir natürlich nichts dagegen."

„Wem gehören die Bilder?"

„Das kleine Aquarell gehört der Nolde Stiftung. Das größere Werk, was Nolde nach dem Krieg gemalt haben muss, gehört einem renommierten italienischen Sammler. Giampiero Cascone aus Venedig."

„Vielen Dank und noch viel Erfolg für Ihre Ausstellung. Sehr beeindruckend."

***

Vor dem Museum setzte sich Marek auf eine Bank und steckte sich eine Zigarette an. Ob dieses Bild etwas mit dem Mord zu tun hatte? Wenn dieses Bild echt war, aber niemand von dessen Existenz wusste, handelte es sich vielleicht sogar um Nazi-Raubkunst? Und wie kam dieser italienische Sammler an das Bild? Fragen, die sich so einfach nicht beantworten ließen.

Er drückte seine Zigarette aus und warf die Kippe in einen Papierkorb. Dann marschierte er zum nächsten Taxistand und ließ sich zum *l'Angolo* fahren, wo er seinen Lada abholen wollte.

Als er dann vor der Trattoria stand, sah er auf seine Armbanduhr. Es war höchste Zeit für ein Mittagessen. Gianluca hatte schon geöffnet und so bestellte er sich einen Teller hausgemachte *Tortelloni al forno* und ein Glas Raboso. Nach dem Caffè fuhr er zurück ins Hotel. Es gab einiges zu tun.

***

Marek warf sich aufs Bett, kramte sein Handy aus der Tasche und rief seinen Freund Maresciallo Ghetti in Caorle an.

„Ciao Michele, wie geht's dir? Alles in Ordnung?"

„Ciao Roberto. Hier ist alles ruhig. Seit du weg bist, passiert hier nichts mehr. Was treibst du so? Hast du wieder eine Leiche gefunden?"

„Deshalb rufe ich ja an. Du musst für mich etwas herausfinden."

„Was? Im Ernst? Das kann doch nicht wahr sein. Überall wo du auftauchst sterben die Leute wie die Fliegen. Lass das nicht Silvana hören."

„Ich kann ja nichts dafür. Ich war mit Paul und Jakob im Museum und da lag halt ein Toter rum.

Und kein Wort zu Silvana, *capisce*?"

„*Naturalmente*. Was kann ich für dich tun?"

„Ich brauche alles, was du herausfinden kannst, über einen venezianischen Kunstsammler. Er heißt Giampiero Cascone."

„Der kommt wohl aus dem Süden?"

„Wieso?"

„Bei dem Namen. Ich sehe zu, was ich machen kann. Ich melde mich."

„Bis wann?"

„Na, ein paar Minuten musst du mir schon Zeit lassen. Ciao."

5

Marek schlug die Augen auf und sah aus dem Fenster auf das Abendrot, das die untergehende Sonne in kräftigen Orangetönen bis hin zu einem zarten Rosé an den Himmel malte. Er musste wohl eingeschlafen sein.

Marek rollte sich aus dem Bett und griff nach dem Handy. Ein Anruf bei Silvana war schon überfällig. Sie machte sich bestimmt schon Gedanken. Seit er im vergangenen Winter nur knapp einem Mordanschlag entgangen war, machte sie sich immer Gedanken.

„Ciao cara. Wie geht es dir? Was treibst du so ohne mich?"

„Wird auch Zeit, dass du anrufst…"

Er hatte es geahnt.

„…ich habe mir schon solche Sorgen gemacht."

„Ich hatte doch gestern schon angerufen…"

„Na und? Du wolltest dich jeden Tag melden. Das hast du mir versprochen."

„Ich habe gestern angerufen und heute ist heute und ich rufe gerade wieder an."

„Schon gut…aber erst so spät. Lässt du wenigstens die Unterwelt in Ruhe?"

„Natürlich", log er, „ich bin ja nur auf Besuch."

„Und was soll Michele für dich überprüfen?"

„Ich hab's befürchtet ", schimpfte Marek, „was hat er dir erzählt?"

„Sei ihm nicht böse. Er kann nichts dafür. Ich traf ihn vorhin und habe ihn ausgefragt. Du weißt ja, ich bekomme alles heraus."

„Ich weiß", stöhnte er, „es ist aber nicht was du denkst. Ich war gestern mit Paul und Jakob im Museum und da haben wir eine Leiche gefunden. In diesem Zusammenhang stieß ich auf einen Kunstsammler aus Venedig und Michele soll mir Informationen über ihn besorgen. Das ist alles."

„So, und wie heißt dieser Kunstliebhaber?"

„Cascone, Giampiero Cascone."

„Diesen Namen hab ich schon gehört. Ich glaube, wir haben auch einmal etwas über ihn geschrieben. Muss mal nachsehen, ob wir etwas im Archiv über ihn haben."

„Danke cara."

„Wann kommst du zurück?"

„Wahrscheinlich übermorgen, aber ich sage dir noch Bescheid. Dann kannst du bei Rosa einen Tisch reservieren."

„Ciao Roberto."

Als das Gespräch beendet war, zog Marek sein Sakko an und ging nach unten um eine zu rauchen.

Während er vor dem Hotel auf und ab marschierte, gingen ihm einige Dinge durch den Kopf. Dann rief Paul an.

„Hallo Robert. Ich hab ein paar Neuigkeiten aus dem Flurfunk für dich."

„Bin gespannt, lass hören."

„Der Doc hatte einen Russen auf dem Tisch…"

„Sergej Popov, ich weiß."

„Woher weißt du das denn schon wieder?"

Pauls Stimme klang enttäuscht.

„Ich war doch gestern bei ihm, als er ihn auf dem Tisch hatte."

„Ach so. Also die Akte und der Obduktionsbericht wurden von der Abteilung für organisierte Kriminalität angefordert und sind jetzt Verschlusssache. Popov gehörte wohl zu einem russischen Drogenkartell, das sein Geld auch im Rotlichtbezirk wäscht. Offenbar gibt es gerade einen Krieg im Kiez und Popov ist den Albanern in die Quere gekommen."

„Dem Hasani Clan…"

„…das weißt du also auch schon. Ist das zufällig auch der Verein, der Schulthe eingekauft hat?"

„Genau. Ich hab da auch schon einen Plan. Wenn ich soweit bin, sag ich dir bescheid. Treffen wir uns nachher bei Gianluca?"

„Gerne, ich sag's noch Jakob und dem Doc."

***

Marek wollte noch schnell auf sein Zimmer um ein neues Päckchen Zigaretten zu holen. Als er an der Rezeption vorbei kam, hatte er noch eine Idee.

„Entschuldigen Sie, könnten Sie mir für morgen Vormittag einen Flug nach Hamburg buchen?"

„Gerne, möchten Sie auschecken?"

„Nein, ich komme am Abend wieder. Welche Flüge gibt es?"

„Einen Moment bitte, ah hier haben wir's. Sie haben Glück. Um neun Uhr gibt es noch einen Platz zum Sonderpreis."

„Das ist ja mitten in der Nacht. Und einen Mietwagen brauche ich auch."

„Gerne, welcher Typ darf es sein?"

„Egal, Hauptsache er fährt. Nur keinen Luxusschlitten. Gegen die bin ich allergisch."

Marek bedankte sich der der netten jungen Dame an der Rezeption, holte seine Zigaretten und fuhr dann mit der S-Bahn zum Hauptbahnhof. Er hasste zwar öffentliche Verkehrsmittel, hatte aber keine Lust zu laufen.

Vor Jo's Kneipe blieb er stehen und spähte durch die schmutzige Scheibe. Jo lehnte am Tresen an dem noch zwei weitere Männer mit ihren Bierflaschen standen. Auch einer der Tische war belegt. So konnte er unmöglich mit seinem Informanten sprechen. Er konnte ja nicht wissen, ob einer der Gäste vielleicht Beziehungen ins Milieu hatte und irgendwo einen Tipp verkaufte. Dann wäre Jo geliefert. Es blieb ihm nichts anders übrig, als zu warten. Er steckte sich eine Zigarette an und wanderte die Straße auf und ab. Dabei nahm er die Umgebung genau in Augenschein und langsam kam die Erinnerung an die örtlichen Gegebenheiten wieder zurück. An Hofdurchgänge, Hintertüren und Versteckmöglichkeiten. Glücklicherweise war hier in diesem Abschnitt noch nicht so viel erneuert worden.

Als Marek nach fast zwanzig Minuten wieder an der Kneipe vorbeikam, war nur noch ein Gast zu sehen und der hing ziemlich angesäuselt über dem Tresen. Jetzt glaubte er es riskieren zu können und ging hinein. Jo ahnte wohl schon, um was es ging und zog Marek gleich mit nach hinten in die kleine Küche.

„Der ist harmlos", meinte Jo, „ich geb dem noch'n Korn, dann können wir reden."

„Du weißt warum ich hier bin?", fragte Marek, als Jo zurückkam.

„Ich kann's mir denken. Schulthe."

„Richtig."

„Ist im Moment ein verdammt heißes Pflaster hier. Wie ich das so sehe gibt's wohl Krieg hier im Kiez."

„Und wieso?"

„Die Albaner haben einen von den Russen umgenietet und das werden die nicht so einfach auf sich sitzen lassen."

„Ach ja, der Popov."

„Das weißt du also auch schon", grinste Jo.

„Und wo war das?"

„Ein Stück die Straße runter in einem Innenhof. Hat natürlich niemand etwas gesehen."

„Klar. Hat Schulthe einen festen Tag, an dem er in die Venus Bar geht?"

„Mittwochs gegen halb zehn ist er immer da. Meistens so eine Stunde etwa. Sonst kommt er unregelmäßig."

„Das ist ja heute."

Marek sah auf seine Armbanduhr.

„Ich muss mich beeilen. Das muss ich mir ansehen. Danke Jo. Du hat was gut bei mir."

„Schon gut. Du kannst auch von hier aus den Eingang sehen."

„Aber jemand könnte auch mich bei dir sehen. Ist besser für dich wenn ich gehe."

„Gut. Pass auf dich auf. Die Zeiten sind härter als

früher."

„…und ich bin älter, wolltest du damit sagen. Da hast du recht, aber ich bin auch vorsichtiger geworden."

**

Marek drückte sich in einen Hauseingang und beobachtete den Eingang der Bar, der ganz in pinkfarbenes Licht getaucht war. Dann erschien Schulthe. Seinen schwarzen Maserati parkte er einfach in der zweiten Reihe. Er fühlte sich hier offenbar zuhause.

„Hier gibt's die schönsten Mädchen. Komm rein, hier ist noch happy hour."

Mit diesen Sprüchen versuchte der junge Mann am Eingang Kunden anzulocken. Er passte irgendwie nicht hierher. Vielleicht ein Student, der sich noch ein paar Euro dazu verdienen musste, um seine Studentenbude zu bezahlen, für die hier mittlerweile auch schon unverschämte Mieten aufgerufen wurden. Diese Stadt ist einfach zu teuer zum Leben.

„Das können sich nur noch Bänker, Börsianer und Unterweltler leisten", dachte Marek, wobei die Kluft dazwischen seiner Meinung nach gar nicht mehr so groß war.

„Lass gut sein, kleiner."

Marek folgte dem Kommissar in die Bar und hielt sich in der Nähe des Eingangs auf, bis er einen Überblick hatte. Schulthe stand im Halbdunkel am Ende der Theke und unterhielt sich mit einem Kerl, der die Figur eines Preisboxers hatte. Sein massiger Schädel war ringsherum kahl rasiert. Nur oben hatte er noch eine dünne schwarze Matte.

„Sieht aus wie ein Klodeckel", dachte Marek und sah, wie dieser Typ etwas über den Tresen schob. Schulthe nahm es an sich und steckte es ein. Das musste dann wohl Bogdan sein. Dem kam man besser nicht einfach so in die Quere.

Zwei sehr leicht bekleidete Mädchen stöckelten plötzlich auf ihn zu. Jetzt war es höchste Zeit zu verschwinden. Marek trat eiligst den Rückzug an und fuhr zurück ins Hotel. Er hatte genug gesehen.

6

Pünktlich um sechs Uhr dreißig klingelte der Weckdienst des Hotels Marek aus dem Bett, der sein Vorhaben nach Hamburg zu fliegen schon jetzt bereute. Mühsam erhob er sich und schlurfte ins Bad.

Nach eine ausgiebigen Dusche ging es ihm etwas besser. Nun brauchte er nur noch einen ordentlichen Kaffee. Aber er bezweifelte, den hier im Hotel zu bekommen. Trotzdem, essen musste er etwas.

Der Frühstücksraum war leer, bis auf ein junges Mädchen, welches das Buffet bewachte und notfalls für Nachschub sorgen sollte. Sie lächelte ihn freundlich an und er lächelte gequält zurück.

„Guten Morgen."

Marek versuchte das Namenschild auf dem Blazer der jungen Dame zu lesen. Valeria Cavaro.

„*Sei italiano?*"

„*Si.*"

Marek glaubte, dies sei seine Chance.

„*Hai un vero caffè?*"

„Einen Moment bitte", schmunzelte das Mädchen und verschwand in der Küche, um kurz darauf mit einem frisch gebrühten Espresso wiederzukommen.

„Bitte sehr."

„Haben Sie vielen Dank, Signorina!"

Marek nahm sich noch zwei Croissants und frühstückte genüsslich.

Um punkt halb acht wartete das Taxi vor der Tür. Bis jetzt hatte alles geklappt, nun musste nur noch der Flug pünktlich sein.

***

Marek hatte die horrende Taxirechnung beglichen und stand nun in der Abflughalle des Flughafens. Als wenig bis gar nicht Flieger hatte er so seine Orientierungsprobleme. Fast alle Schalter in diesem Bereich zeigten das Logo der Fluggesellschaft, bei der er gebucht hatte, aber die wenigsten Schalter waren besetzt. An den besetzten Schaltern standen lange Schlangen von Passagieren.

„Die wollen doch unmöglich alle nach Hamburg", dachte er und sah sich um. Eine junge Frau in einer blauen Uniform verließ gerade ein gläsernes Büro.

„Entschuldigen Sie, wo muss ich denn einchecken für den Flug nach Hamburg?"

„Da!"

Mareks Blick folgte ihrem ausgestreckten Arm in die Mitte der Halle, wo er eine Gruppe von gelben Automaten stehen sah.

„Nein, Sie missverstehen mich. Ich habe schon gebucht und möchte einchecken."

„Ja, trotzdem da", sagte sie lächelnd und eilte davon, wobei Marek das Gefühl hatte, sie lachte ihn mehr aus, als an.

Mittlerweile waren, bis auf einen, alle Computerterminals besetzt. Also stellte er sich vor dieses Gerät und versuchte damit zurechtzukommen bis er merkte, dass es außer Betrieb war.

„Kein Wunder, dass es frei war", dachte er verärgert und wartete darauf, dass ein anderes Terminal frei wurde. Eine andere junge Dame in Uniform erschien und beobachtete Marek einen Moment bei seinen Bemühungen.

„May I help you?", fragte sie ihn dann.

Langsam drehte er sich um und sah sie an.

„Sie können ruhig deutsch mit mir reden."

Die junge Dame lächelte ihn freundlich an.

„Dies hier ist ein internationaler Flughafen, da sprechen wir die Kunden selbstverständlich zuerst in Englisch an."

„Aber dieser Flughafen liegt nun mal in Frankfurt und Frankfurt mitten in der Bundesrepublik Deutschland", entgegnete er genervt. „Am Flughafen in Venedig wird ja auch italienisch gesprochen und der ist auch international."

„Das kann man ja nicht vergleichen", schmollte sie und stöckelte davon.

„Die bekommen hier wohl alle eine Gehirnwäsche bei der Einstellung", dachte Marek und wandte sich wieder dem Automaten zu.

„Passagiere gebucht auf LH8 nach Hamburg werden zu Flugsteig A15 gebeten", hörte er eine Durchsage, als er es endlich geschafft hatte und der Computer ihm den Check in bestätigte. Eilig folgte er der Beschilderung bis er an der Sicherheitskontrolle wieder in einer Schlange warten musste.

„Letzter Aufruf für Passagiere gebucht auf LH8 nach Hamburg. Sie werden umgehend zu Flugsteig A15 gebeten."

„Die haben leicht reden", schnaufte Marek, als er, gründlich gescannt und ab gefummelt, zu seiner Maschine rannte.

„Wird aber auch Zeit", sagte die junge Dame am Flugsteig, „wir wollten gerade den Flieger schließen."

„Ich habe jetzt über eine Stunde damit verbracht mich mit diesem scheiß Computer selbst einzuchecken und an der dämlichen Kontrolle da vorne von oben bis unten befummeln zu lassen und Sie sagen mir, dass es nun Zeit wäre? Ich glaube es piept bei euch!"

Marek war geladen bis in die Haarspitzen.

„Sagen Sie besser nichts mehr", raunzte er, als die

junge Dame zu einer Erwiderung ansetzen wollte.

Wütend stapfte er in Richtung Flieger und nahm sich aus dem Warteraum noch eine Tageszeitung mit. So schnell würde er sicher nicht wieder fliegen.

***

Der Flug verlief im Weiteren ereignislos und die Maschine landete pünktlich um kurz nach zehn auf dem Hamburger Flughafen. Die Übernahme des Mietwagens klappte auch ohne Probleme, sodass Marek schon gegen elf Uhr auf der A7 in Richtung Flensburg unterwegs war.

Nach über zweieinhalb Stunden Fahrt stellte er den Wagen auf dem Parkplatz des Nolde Museums ab und schlenderte gemütlich durch den wunderschönen Garten zu dem ehemaligen Wohnhaus des Malers, in dem heute das Museum untergebracht ist. Am Eingang stellte er sich vor und fragte, ob er eventuell den Leiter der Stiftung sprechen könnte. Es sei sehr wichtig. Sehr zu seiner Überraschung nahm die Frau an der Kasse sofort das Telefon und leitete seine Anfrage weiter.

„In einer halben Stunde hätte Herr Dr. Runge Zeit. Sie können so lange drüben einen Kaffee trinken."

„Vielen Dank, und wo?"

„Dort drüben ist das Café. Gehen Sie einfach nur durch den Garten."

Marek genoss die frische Luft und im Café gönnte er sich einen Cappuccino und ein Stück Kuchen, das vorzüglich schmeckte. Plötzlich erschien ein Mann an seinem Tisch.

„Sind Sie Herr Marek?"

„Ja…"

„Runge, ich bin der Leiter der Stiftung. Sie wollten mich sprechen?"

„Richtig, aber Sie hätten sich nicht extra hierher bemühen müssen."

„Das macht nichts. Im Gegenteil, ich bin froh, wenn ich das Büro einmal verlassen kann. Um was geht es denn? Man sagte mir, es sei wichtig."

„Das stimmt. Kennen Sie einen Herrn Osmers?"

„Ja, Jan Osmers arbeitet für uns. Warum fragen Sie? Was ist los?"

„Sie wissen es offensichtlich noch nicht. Herr Osmers ist tot."

„Was sagen Sie? Was ist passiert? Hatte er einen Unfall?"

Dr. Runge wurde weiß wie ein Betttuch.

„Hat die Polizei aus Frankfurt sich noch nicht bei Ihnen gemeldet?"

„Nein, nein, sonst wäre ich doch nicht so überrascht. Ich wusste nichts davon."

„Können Sie mir sagen, was er für Sie gemacht

hat? Ich erzähle Ihnen dann die ganze Geschichte."

„Das ist eine heikle Sache und sehr vertraulich. Bei Künstlern wie Emil Nolde, die ein so umfassendes Werk hinterließen, gibt es immer mal wieder Gerüchte um plötzlich aufgetauchte und bislang unbekannte Werke oder Fälschungen. Jan Osmers ist… war ein ausgewiesener Fachmann des deutschen Expressionismus und Kunstdetektiv. Wir hatten ihn engagiert um die beträchtliche Menge der Exponate, die wir nach Frankfurt entliehen haben, im Auge zu behalten und auch ein Auge auf andere Werke des Meisters zu haben."

„Sie meinen, er sollte mögliche Fälschungen erkennen."

„Genau. Große Museen leihen sich für solche Ausstellungen gerne auch Bilder von privaten Sammlern und die gilt es in Augenschein zu nehmen."

„So wie es aussieht, wurde er genau deswegen umgebracht."

„Er wurde ermordet?"

„Ja, erstochen. Einen Tag vor der Ausstellungseröffnung. Offenbar hatte er etwas entdeckt."

„Du lieber Himmel. Aber warum hat sich die Polizei noch nicht gemeldet?"

„Weil der zuständige Kommissar ein Idiot ist. Ich

muss es leider sagen, aber es ist so. Hatte er Angehörige?"

„Eine Schwester, soviel ich weiß. Sie hat ein Restaurant in Büsum."

„Könnten Sie ihr Bescheid sagen? Bis die Polizei das übernimmt, kann noch dauern."

„Ja, natürlich. Das übernehme ich selbstverständlich. Danke, dass Sie mich informiert haben."

Dr. Runge blickte sich noch etwas unsicher um, dann erhob er sich und sah auf seine Uhr.

„Sie entschuldigen mich? Ich habe gleich einen Termin. Vielen Dank auch, dass Sie sich hierher bemüht haben."

Als der Mann sich verabschiedet hatte, sah auch Marek auf die Uhr. Für einen Besuch des Museums war leider keine Zeit mehr, wollte er seine Maschine nach Frankfurt nicht verpassen. Also fuhr er zurück nach Hamburg.

Nachdem er seinen Mietwagen wieder abgegeben hatte, ging er zum Check in, der nicht ganz so nervenaufreibend wie in Frankfurt verlief. Dennoch schwor er sich nie wieder ein Flugzeug nutzen zu wollen. Lieber fuhr er zwanzig Stunden mit dem Auto.

***

Zurück in Frankfurt suchte sich Marek am Flughafen erst einmal ein halbwegs stilles Eckchen, wo er in Ruhe telefonieren konnte und rief Ghetti an.

„Ciao Michele. Hast du schon etwas über unseren Kunstliebhaber in Erfahrung gebracht?"

„Du lässt einem wirklich nicht viel Zeit. Da die bösen Buben aber wohl Pause machen, seit du weg bist, konnte ich mich etwas umhören. Dieser Cascone ist sechzig Jahre alt, ledig und stammt aus Ragusa."

„Ein Sizilianer?"

„Nicht nur das. Ihm wurde schon mehrfach eine Verbindung zu einer der dort ansässigen, großen Mafia Familien nachgesagt. Nur beweisen konnte man es nie."

„Interessant. Und seit wann ist er in Venedig?"

„Vor acht Jahren tauchte er dort auf und kaufte einen kleinen Palazzo am Rio di San Agostino. Seither machte er sich einen Namen als Mäzen und Sammler. Es gibt quasi kein gesellschaftliches Ereignis in den höheren Kreisen Venedigs, wo er nicht auf der Gästeliste steht."

„Das klingt doch sehr stark nach Geldwäsche."

„Das würde auch die Bodyguards erklären, mit denen er sich angeblich umgibt. Andererseits musst du ja nicht hinter allem gleich ein Verbrechen sehen. Vielleicht ist er ja tatsächlich brav geworden, hat der ehrenwerten Gesellschaft den Rücken gekehrt und macht jetzt in Kunst. Soll ja auch manchmal sehr lukrativ sein."

„Sehr lukrativ, du sagst es."

„Sag mal, wo bist du eigentlich? Was ist das für ein Lärm im Hintergrund?"

„Ich bin noch am Flughafen. Ich komme gerade aus Hamburg zurück."

„Was machst du denn in Hamburg?"

„Der Tote, den wir im Museum fanden, arbeitete für die Nolde Stiftung in Seebüll. Ich wollte wissen, was genau er gemacht hat und Seebüll liegt nördlich von Hamburg."

„Und warst du erfolgreich?"

„Wie man es nimmt. Der Tote arbeitete als Kunstdetektiv für die Stiftung. Er soll Zweifel an der Echtheit eines Bildes gehabt haben und dieses Bild gehört zufällig Cascone. Das hat mir der Kurator der Ausstellung bestätigt."

„Aber warum stellen die es denn aus, wenn es eine Fälschung ist?"

„Das ist es ja, die Expertisen, die der Kurator anforderte, weisen das Bild als echt aus."

„Dann ist ja alles klar."

„Eben nicht. Ich komme morgen zurück. Ciao Michele."

Anschließend fuhr er ins Hotel und rief Silvana

an, um ihr zu berichten.

„Du warst wo?"

„In Seebüll. Das ist an der dänischen Grenze. Dort ist das Nolde Museum."

„Ich hoffe, du hast die Stewardessen in Ruhe gelassen!"

„Was denkst du denn von mir?", schmollte er. „Aber ich habe herausgefunden, dass es wahrscheinlich um Kunstfälschung geht und dieser Cascone hat etwas damit zu tun."

„Das würde passen. Ich habe im Archiv nachgesehen. Vor ein paar Jahren gab es eine Ausstellung im Palazzo Grassi. Es wurden auch Werke aus Cascones Sammlung ausgestellt. Ein Sachverständiger bezweifelte damals die Echtheit der Bilder, aber Cascone konnte mit eindeutigen Expertisen nachweisen, dass alle Bilder echt waren."

„Genau wie jetzt auch. Den muss ich mal genauer unter die Lupe nehmen, wenn ich zurück bin."

„Wann kommst du denn endlich wieder zurück?"

„Morgen."

„Ich freue mich. Fahr vorsichtig, hörst du?"

„Ja. Ciao cara."

***

Später trafen sich die Freunde wieder bei Gianluca im *l'Angolo*, wo Marek ihnen eröffnete, dass er am nächsten Morgen wieder zurückfahren würde.

„Schade! Kannst du nicht noch ein paar Tage dranhängen?"

„Ich muss zurück. Eine Spur führt nach Venedig und solange die noch heiß ist…"

„Wieso? Was hast du herausgefunden?"

„Ich war doch heute in Seebüll und habe mit dem Direktor der Nolde Stiftung gesprochen. Dieser Jan Osmers war Kunstdetektiv und von der Stiftung für die Dauer der Ausstellung in Frankfurt engagiert. Beim Aufbau der Ausstellung ist ihm ein Bild aufgefallen, was es eigentlich nicht geben dürfte. Das teilte er dem Kurator mit, der natürlich sofort Expertisen anforderte, die aber die Echtheit des Bildes bestätigten. Ein paar Tage später ist Osmers tot. Das schreit doch nach einem Zusammenhang, oder?"

„Da hast du natürlich recht, aber was hat das mit Venedig zu tun?"

„Das besagte Bild gehört einem Sammler aus Venedig, dem man früher schon Kontakte zur Mafia nachsagte und der auch schon wegen angeblich gefälschter Bilder in den Schlagzeilen war."

„Klingt vielversprechend, aber du hältst uns auf dem Laufenden."

„Versprochen, schließlich müsst ihr den Fall ja hier abschließen."

Die Freunde blickten ihn fragend an.

„Das ist Schulthes Fall. Wir können ihm doch nicht einfach ins Handwerk pfuschen, auch wenn er ein Arsch ist."

Marek grinste die drei an.

„Der ist bis dahin Geschichte. Ich hab da einen Plan. Ah, da kommt unser Essen."

„Welchen Plan?", fragte Paul interessiert.

Während sie genüsslich aßen, erzählte Marek seinen Freunden, was er in Erfahrung gebracht hatte und legte seinen Plan dar, der bei allen auf große Zustimmung stieß.

7

Marek hatte sich mit dem Wein etwas zurückgehalten und so war es an diesem Morgen ein nicht so großes Problem frühzeitig aufzustehen. Irgendwie freute er sich auch die Rückfahrt.

Als er den noch verwaisten Frühstücksraum betrat, eilte Valeria herbei und brachte ihm seinen Espresso und zwei Croissants, was er ihr mit einem, für seine Verhältnisse, fürstlichen Trinkgeld dankte.

Nachdem er gefrühstückt und ausgecheckt hatte, stieg er in seinen Lada und fuhr gemächlich durch die Stadt in Richtung Autobahn. Nein, das war nicht mehr seine Stadt.

Während der Rückfahrt dachte er daran, wie er vor zwei Jahren mit seiner Ente schon einmal den gleichen Weg gefahren war. Damals wollte er einen Kurzurlaub in Caorle machen. Er wollte den Kopf frei bekommen und über seine Zukunft nachdenken. Und dann kam alles ganz anders. Er lernte dort Silvana kennen und vier Monate später war er pensioniert, hatte Frankfurt den Rücken gekehrt und war nach Italien gezogen. Bereut hatte er es nie.

Aus Sentimentalität legte er an allen Stationen, an denen er damals Rast gemacht hatte, auch diesmal einen Halt ein und so war es schon weit nach Mitternacht, als er den Lada vor seinem Haus in der Via Gramsci abstellte. Müde kletterte er aus dem Wagen, streckte sich ausgiebig, nahm seine Tasche aus dem Kofferraum und ging ins Haus. Den Fiat, der etwas weiter hinten parkte, nahm er nicht wahr. Als er in seinen Taschen nach dem Schlüssel kramte, merkte er, dass seine Wohnungstür nur angelehnt war. Instinktiv griff er dorthin, wo er früher seinen Revolver getragen hatte, nur der lag in seinem Schreibtisch.

„Scheiße!", fluchte er leise, stellte sich neben den Türrahmen und stieß vorsichtig mit der Schuhspitze die Tür auf.

Rötlich flackerndes Licht warf bizarre Schatten an die Wände und die Decke. Langsam und auf alles gefasst schlich er auf die Lichtquelle zu, die sich in seinem Wohnzimmer befinden musste. Vorsichtig spähte er um die Ecke.

„*Benvenuto, Roberto*", sagte Silvana, die mitten im Zimmer stand, und ihn anstrahlte. Eine Batterie flackernder Kerzen hinter ihr zauberte einen Feuerkranz um ihre schwarze Lockenpracht.

„Du kannst doch einen alten Mann nicht so erschrecken."

„Ich habe dich vermisst", flüsterte sie und fiel ihm um den Hals.

71

„Ich dich auch, aber es waren doch nur ein paar Tage. Sonst sehen wir uns auch manchmal eine ganze Woche nicht, wenn du zu tun hast."

„Aber dann weiß ich, dass du hier bist. Komm, ich habe etwas zu essen vorbereitet. Du musst ja richtig Hunger haben, nach der langen Fahrt.

Auf einem Campingtisch standen verschiedene Antipasti. Gegrillte Zucchini und Paprika, Schalotten in Balsamico, gegrillte und eingelegte Pilze und *sarde in saor*. Dazu hatte Silvana noch einen Korb mit Weißbrot und eine Flasche Raboso bereitgestellt.

„Weißt du noch?", fragte sie.

„Natürlich", sagte Marek gerührt, „wie damals an meinem ersten Abend in dieser Wohnung."

„Komm, setz dich und erzähl mir alles."

„Tja, da gibt es eigentlich nicht viel zu erzählen", meinte er und schob sich ein Stück Paprika in den Mund.

„Ach komm, du willst nur nicht. Dann kann ich ja auch gehen", maulte Silvana und stand auf.

„Ich dachte, du wärst meinetwegen hier."

Sie zog einen Schmollmund.

„Bin ich ja auch."

Dann lächelte sie und nahm wieder Platz.

„Du weißt doch, dass ich neugierig bin, also."

Er trank einen Schluck Wein.

„Jakob und Paul hatten als Überraschung für mich eine Sonderführung der Emil Nolde Retrospektive organisiert, die gerade in Frankfurt eröffnet wurde. Während der Führung entdeckte ich einen Toten. Er lag auf dem Boden und war wie der vitruvianische Mensch drapiert."

„Meinst du, das hat eine Bedeutung?", unterbrach sie ihn.

„Kann ich noch nicht sagen, aber ich glaube nicht. Es sei denn, jemand wollte damit auf die Kunst an sich hinweisen."

„Homo ad quadratum, homo ad circulum", murmelte sie in Gedanken.

„Was sagtest du gerade?"

„Was meinst du?"

„Du hast gerade etwas Lateinisches gesagt."

„Ach so, das war nur der Leitsatz des Vitruvius zu dieser Figur. Der Mann berührt mit den Fingerspitzen und den Füßen ein Quadrat – homo ad quadratum - und einen Kreis – homo ad circulum."

„Das hat vielleicht doch etwas zu bedeuten. Der Tote lag in einem im Bodenbelag eingelegten Kreis. Wir werden es sehen. Der Mann wurde jedenfalls erstochen. Die Ermittlungen übernahm ein Kommissar, mit dem ich vor vielen Jahren schon einmal aneinander geraten war. Ein korruptes Arschloch. Aber bevor er kam…"

„…habt ihr natürlich schon angefangen zu ermitteln, oder?"

„Klar, was denkst du denn. Der kriegt sowieso nichts raus. Jakob hat die Leiche untersucht und Paul die anderen Gäste befragt. So erfuhren wir, wie er hieß und was er dort machte."

„Und wer war er?"

„Er hieß Jan Osmers und hat für die Emil Nolde Stiftung in Seebüll gearbeitet. Von dort kommen auch die meisten Exponate der Ausstellung in Frankfurt. Am nächsten Tag bin ich noch einmal ins Museum. Dabei habe ich etwas Interessantes gesehen. Eines der *ungemalten* Bilder Noldes hing auch als größeres Gemälde in der Ausstellung, obwohl das eigentlich nicht sein kann. Der Kurator hat mir dann bestätigt, dass dieser Umstand auch Osmers aufgefallen war, aber die angeforderten Expertisen bescheinigten die Echtheit des Bildes. In Seebüll habe ich dann vom Direktor der Nolde Stiftung erfahren, dass Osmers als Kunstdetektiv engagiert war. Und wie du vielleicht schon erraten hast, gehört dieses ominöse Bild unserem Freund Cascone."

„Mir ist nicht wohl dabei."

„Wobei?"

„Die ganze Geschichte. Das kann gefährlich wer-

den. Besonders wenn jemand wie Cascone mit drin-
hängt. Immerhin wird ihm ja eine Mafiavergangen-
heit nachgesagt."

„Hat dir Michele das also auch erzählt."

„Musste er nicht. Das habe ich selbst in Erfahrung
gebracht."

„Ich kann da jetzt nicht einfach aufhören, cara. Da
legt mir einer im Museum eine Leiche vor die Füße
und ich soll wegsehen? Dazu kommt noch, dass der
leitende Ermittler ein Vollpfosten ist und garantiert
nichts herausfindet. Das kann ich nicht."

„Ach Roberto", stöhnte sie und legte ihre Hand
auf seine, „ich weiß. Du wirst dich nie ändern. Ver-
sprich mir, dass du vorsichtig bist. Ich möchte dich
nicht noch einmal so lädiert im Krankenbett sehen
wie damals, oder noch schlimmer, mit einem Tuch
über dem Kopf."

„Keine Angst, ich passe schon auf. Könntest du
mir die Unterlagen über Cascone aus eurem Archiv
kopieren?"

„Ich schicke sie dir per E-Mail."

Marek trank noch einen Schluck Wein.

„Danke. Bleibst du heute Nacht hier?"

„Ich kann nicht. Wir haben morgen früh Redaktionssitzung und ich muss noch ein paar Dinge vorbe-
reiten. Tut mir leid, caro."

„Schade, aber danke für das Essen."

Silvana erhob sich und er brachte sie noch zur Tür. Dort fiel sie ihm um den Hals und küsste ihn, dass ihm die Luft weg blieb.

„Halleluja, was war das denn?", fragte er schnaufend.

„Ich bin so froh, dass du wieder da bist", strahlte sie ihn an. Dann drehte sie sich um und ging.

„Sie liebt mich wirklich", dachte Marek, „womit habe ich diese Frau eigentlich verdient?"

***

Marek schreckte auf. Irgendetwas hatte er in seinem Unterbewusstsein gehört. Irgendwo in seiner Wohnung klingelte sein Handy und machte keine Anstalten aufzuhören.

„Mitten in der Nacht", stöhnte Marek, streckte sich ausgiebig, stand auf und schlurfte ins Halbdunkel hinaus.

Die Lärmquelle war wohl in seinem Arbeitszimmer. Das Handy lag auf seinem Schreibtisch und läutete unerbittlich weiter.

„Ja", brummte er ins Telefon.

„Ciao Roberto", meldete sich Ghetti offenbar bester Laune, „ich wollte nur hören, ob du wieder gut zurückgekommen bist. Hast du schlecht geschlafen?"

„Und deswegen schmeißt du mich mitten in der

Nacht aus dem Bett?"

„Mitten in der Nacht? Es ist bald Mittag."

Marek knipste die Schreibtischlampe an und sah auf die Uhr.

„Scheiße, es ist ja gleich elf. Wieso ist es hier so dunkel?"

Diese Frage konnte er sich gleich selbst beantworten. Er hatte am Abend die Rollläden geschlossen und zusätzlich die Vorhänge zugezogen, damit ihn auch ja kein verfrühter Sonnenstrahl aus dem Bett werfen konnte.

„Sekunde, Michele."

Er zog die Vorhänge auf, öffnete die Läden und das Fenster. Das gleißende Licht der Sonne, die von einem blassblauen Himmel herunter brannte, blendete ihn sofort und ein schwülwarmer Luftzug drang ihm entgegen.

„So, bin wieder da. Gibt bestimmt ein Gewitter."

„Ist auch für heute Nachmittag vorhergesagt. Wenn du dich wieder akklimatisiert hast, könnten wir uns mal treffen. Ich wollte dir die Unterlagen über diesen Kunstsammler aus Venedig geben."

„Komm doch einfach zu mir. Ich besorge uns ein paar Cornetti und mache Caffè. Ich meine, nur falls du Zeit hast und nicht gerade einen großen Fall bearbeiten musst."

„Ich hatte dir doch gesagt, dass hier nichts mehr passiert ist, seit du nach Frankfurt gefahren bist. Bin in einer halben Stunde bei dir."

Marek nahm eine schnelle Dusche, kleidete sich an und ging zu dem kleinen Supermarkt um die Ecke. Dort erstand er die letzten vier Cornetti und ein paar Flaschen Mineralwasser.

Die Sonne brannte erbarmungslos und als er zurückkam und die Einkäufe auf dem Küchentisch abgestellt hatte, war er völlig durchgeschwitzt und konnte sich wieder umziehen. Dann setzte er die Caffettiera auf den Herd.

Gerade, als der Caffè sein köstliches Aroma in der Küche verbreitete, kam Ghetti mit einem Stoß Akten unter dem Arm. Auch er war verschwitzt und die Uniform klebte ihm am Leib. Geräuschvoll ließ er die Papiere auf den Tisch fallen.

„Was eine Hitze", stöhnte er, „auf dem Thermometer vorne an der Apotheke sind es siebenunddreißig Grad."

„Setz dich."

Marek schenkte Caffè ein und stellte den Teller mit den Cornetti auf den Tisch.

„Was hast du schönes mitgebracht?"

„Alles, was ich auf offiziellem Weg herausfinden konnte."

Marek war die kleine Spitze natürlich nicht entgangen.

„Dafür ist es aber eine ganze Menge, was die Polizei über den ehrenwerten Signor Cascone hat", ignorierte er die Anspielung auf seine, nicht immer ganz legalen Methoden.

Er trank einen Schluck und biss in sein Hörnchen.

„Also, was hast du herausgefunden", nuschelte er kauend.

„Ich verstehe nicht, wie du bei der Hitze auch noch dieses Süße Zeug in dich hineinstopfen kannst."

„…ist lecker und hilft beim Nachdenken."

Ghetti schlug den Aktendeckel auf.

„Wie ich dir schon am Telefon sagte, verschwand er vor etwas mehr als acht Jahren aus Ragusa und tauchte ein paar Monate später in Venedig auf, wo er sich diesen Palazzo am Rio di San Agostino kaufte, den er anschließend sehr aufwändig restaurieren und umbauen ließ…"

„…was heißt, er verschwand einfach? Einfach so, ohne Grund? Ohne Spur?", unterbrach Marek und nahm sich ein zweites Hörnchen.

„Offiziell weiß man von nichts. Weder wann, noch warum er verschwand. Aber du weißt ja, wie das da unten ist. Wenn die Mafia nicht will, dass etwas bekannt wird, erscheint das auch nicht in den örtlichen Polizeiakten."

„…und inoffiziell?"

„Inoffiziell heißt es, er hätte einen Mord an einem Geschäftsmann beauftragt, der dummerweise zu einem anderen Clan gehörte. Um einen Krieg unter den Familien zu vermeiden, wurde er mit ausreichend Kapital ausgestattet und musste untertauchen. Das tat er dann auch, bis er in Venedig auftauchte."

„Hat er die Hütte über einen Makler erworben?"

„Ja, über *Santorio Immobiliare* in Venedig."

„Mich würde brennend interessieren, was er dafür bezahlt hat und wie die Verhandlung abgelaufen ist. Wie der Kontakt zustande kam."

„Und wie stellst du dir das vor? Soll ich da anrufen und fragen? Du weißt doch, dass Makler genauso verschlossen sind wie Bänker. Und einem kleinen Carabiniere aus Caorle werden sie ohnehin keine Auskunft geben."

Marek schenkte Caffè nach und steckte sich eine Zigarette an.

„Ich dachte da auch eher an eine inoffizielle Recherche. Hast du da niemand an der Hand?"

„Vergiss es."

„Ich dachte nur…"

„Nein Roberto. Was glaubst du, was der Vice Questore in Venedig mit mir macht, wenn das rauskommt?"

„Schon gut, dann muss ich mir halt etwas einfallen lassen."

Marek kratzte sich sein unrasiertes Kinn.

„Machen wir weiter. Was hast du noch?"

Ghetti blätterte in der Akte.

„Hier haben wir's. Vor etwa fünf Jahren, Cascone war mittlerweile in der besseren Gesellschaft von Venedig angekommen und als Kunstsammler bekannt geworden, gab es eine Auktion in Mailand, bei der auch ein Gemälde aus seiner Sammlung versteigert werden sollte. Es kam zu einem Eklat, weil ein Sammler aus der Schweiz dieses Bild als Fälschung bezeichnete. Cascone konnte jedoch zwei Expertisen von bekannten Galerien vorweisen, welche die Echtheit bestätigten und das Bild wurde für eine halbe Millionen Euro versteigert. Vor zwei Jahren gab es eine Ausstellung im Palazzo Grassi, bei der auch Leihgaben von Cascone hingen. Ein Experte behauptete auch da, dass die Bilder gefälscht seien. Doch auch diesmal bestätigten Expertisen die Echtheit. Das war alles, was ich herausfinden konnte."

„Von der letzten Sache hat mir Silvana auch schon erzählt. Weißt du, von wem diese Expertisen stammen?"

„Hab leider nichts dazu gefunden. Im ersten Fall

wurde nur bekannt, dass sie von sehr bedeutenden Galerien stammten, von den anderen weiß ich nichts."

„Wird Zeit sich den Kerl einmal genauer anzusehen."

„Pass nur auf. Sein Palazzo wird bewacht wie eine Festung und die Jungs sollen nicht gerade vertrauenserweckend aussehen."

„Ja, ja, ist schon gut. Ich passe ja auf. Vielleicht kann Silvana etwas über die Expertisen in Erfahrung bringen. Sie hat nur gerade Redaktionssitzung. Ich rufe sie später mal an."

„Ich muss auch wieder los. Ciao Roberto."

„Danke Michele. Ciao."

***

Nachdem Ghetti gegangen war, sah Marek noch eine Weile aus dem Fenster. Bei dieser Hitze wollte er das Haus nicht mehr verlassen, aber am Horizont blähten sich schon die ersten Gewitterwolken auf, die rasch näher kamen und Abkühlung versprachen.

Er ging in sein Arbeitszimmer, setzte sich in seinen Sessel und versank ins Grübeln. Wenn dreimal unabhängig voneinander Experten Bilder aus Cascones Sammlung als Fälschung bezeichneten, sie aber jeweils von Expertisen widerlegt wurden, hatten entweder die Experten keine Ahnung, oder die Expertisen waren auch falsch. Er tendierte zu letzterem.

Er wusste nicht, wie lange er schon so dort gesessen hatte, als ein lautes Rattern und Knarren ihn aus seinen Überlegungen riss. Ein Sturm war aufgezogen, zerrte an den Läden und bauschte die Vorhänge auf. Marek stand auf um die Fenster zu schließen. Es regnete in Strömen und der Wind peitschte das Wasser abwechselnd in verschiedene Richtungen. Blitze zuckten in der Ferne und das Grollen des Donners kam immer näher. Der Himmel hatte eine grau-gelbe Farbe angenommen. Ein paar Touristen hasteten zu ihren Ferienwohnungen und hielten sich schützend Luftmatratzen über den Kopf. Ein Sonnenschirm hatte sich auf einem Balkon selbstständig gemacht und segelte davon. Die ausgetrockneten Böden und die Kanalisation konnten die Wassermassen nicht mehr aufnehmen und so verwandelten sich die kleinen Gärten der Häuser und die Straßen in kürzester Zeit in eine Seenlandschaft.

Marek nahm das Telefon und rief Silvana an.

„Ciao cara, störe ich?"

„Nein, die Sitzung ist schon länger vorbei. Hier zieht gerade ein Gewitter auf."

„Hier ist es schon und es schüttet in Strömen. Fahr nachher vorsichtig."

„Deshalb hast du mich doch bestimmt nicht angerufen."

„Doch auch", tat er beleidigt, „aber Michele war vorhin da und hat mir einiges über diesen Cascone berichtet. Du hattest mir doch von dieser Ausstellung im Palazzo Grassi erzählt."

„Ja und?"

„Könntest du eventuell herausfinden, von wem die Expertisen stammten?"

„Ich kann es versuchen, aber warum willst du das wissen?"

„Weil ich mittlerweile glaube, dass diese Expertisen genauso falsch waren, wie die Bilder."

„Das wäre ja organisierter Betrug in großem Stil", sagte Silvana nach einer kurzen Pause, „ich sehe zu, was ich herausfinden kann. Ciao Roberto."

Marek lehnte sich entspannt zurück und überdachte seine nächsten Schritte.

8

Marek war relativ früh auf den Beinen. Das Gewitter hatte fast die ganze Nacht getobt, doch als er nun die Läden öffnete, zeigte sich die Sonne an einem wolkenlosen, blauen Himmel. Gerade so, als wäre nichts gewesen. Nur die Straßen dampften noch wie ein Teerkessel.

Er hatte sich in den Kopf gesetzt, mehr über diesen ominösen Kunstliebhaber in Erfahrung zu bringen und das konnte er am besten vor Ort und nicht am Schreibtisch. Er trank seinen Caffè aus, drückte die Zigarette in den Aschenbecher, nahm seine Umhängetasche und verließ das Haus. Außer einem Notizbuch und ein paar Stiften hatte er noch seine kleine Digitalkamera und ein kleines Fernglas eingepackt. Er stieg in seinen Lada, legte die Tasche auf den Beifahrersitz und fuhr los.

Über Eraclea ging es nach Treporti, zum dortigen Schiffsanleger. Die Überfahrt von hier aus dauerte auch nicht länger, als von Punta Sabbioni, hatte aber den Vorteil, dass hier kaum Touristen zustiegen und er direkt zur Fondamente Nove im Nordosten Venedigs fahren konnte. Damit sparte er sich das Gedränge entlang der touristischen Trampelpfade zwischen

Piazza San Marco und Ponte Rialto.

Das Gewitter hatte etwas Abkühlung gebracht und so genoss Marek die Fahrt entlang von Sant' Erasmo, einer der größeren Inseln, auf der vorwiegend Obst und Gemüse angebaut wird. Der Tourismus hatte sie bislang verschont.

Dann hielt das Vaporetto in Murano, der berühmten Insel der Glasbläser, von denen es aber heute kaum noch welche gibt. Das meiste, was in Venedig als Muranoglas verkauft wird, stammt nur noch aus industrieller Fertigung oder aus Asien und wird für horrende Preise an Touristen verkauft.

Vorbei an der Friedhofsinsel San Michele gelangte das Vaporetto zum Anleger an der Fondamente Nove. Er schlenderte gemächlich durch die verwinkelten Gassen des östlichen Teils von Cannaregio zum Traghetto am Palazzo Foscari und ließ sich über den Canal Grande zum Sestiere San Polo übersetzen.

Während er bei den Gondolieri als Einheimischer durchging und einen Euro bezahlte, mussten die Japaner, die nach ihm die Gondel bestiegen, das Doppelte berappen. Natürlich blieb er auch während der Fahrt wie ein echter Venezianer stehen. Die Touristen setzten sich lieber hin und hielten sich an der Bordwand der schaukelnden Gondel fest.

Am Campiello Chiesa setzte er sich unter einen

Sonnenschirm, bestellte sich einen Caffè und steckte sich eine Zigarette an. Von hier aus hatte er einen guten Blick auf Cascones Palazzo.

In der nächsten Stunde tat sich überhaupt nichts. Gelegentlich erschien mal ein Gesicht an einem der Fenster, aber das war es auch schon.

Damit er eventuellen Beobachtern nicht auffiel, wechselte er nach einem zweiten Caffè seinen Standort und setzte sich auf die Stufen der Ponte de Ca' Donà, einer von zwei Brücken, die hier von dem kleinen Platz aus den Kanal überquerten. Mittlerweile hatten sich ein paar Rucksacktouristen eingefunden, die alles fotografierten, was es zu sehen gab. Da fiel es nicht auf, dass Marek seine Kamera aus der Tasche gezogen hatte und Cascones Behausung von allen Seiten ablichtete.

Das Gebäude hatte zwei Tore zum Wasser hin, vor denen ein großes, Hochglanz poliertes Motorboot vertäut war. Der Haupteingang musste wohl in der schmalen Calle zu finden sein, die jenseits der anderen Brücke unter dem Gebäude hindurchführte.

Marek erhob sich und ging über die Ponte San Agostin in die kleine Gasse. Die Unterführung war dunkel, feucht und es roch muffig. An den Wänden bröckelte der Putz und sie waren wahllos mit schlechten Graffitis beschmiert. In Venedig hatte dies aber keinerlei Aussagekraft. Viele Gebäude, die von außen wie heruntergekommene Abbruchhäuser wirkten, waren innen wahre Schmuckkästchen.

Nur etwas passte nicht in diesen Rahmen. Die Eingangstür zum Palazzo. Es war eine glänzend dunkelgrün gestrichene, zweiflüglige Tür mit drei Sicherheitsschlössern. Rechts daneben war ein Tableau aus Messing in die Wand eingelassen, auf dem sich nur ein einziger Klingelknopf, aber kein Namensschild befand. Darüber waren ein integrierter Lautsprecher und eine hundertachtzig Grad Kamera eingelassen.

Da man annehmen konnte, dass der Eingang von innen ständig beobachtet wurde, suchte er sich einen unauffälligen Platz um auch ein Foto von diesem Bereich zu machen. Dann ging er weiter und fotografierte noch schnell die Rückseite des Gebäudes.

Er hatte gerade seine Kamera eingesteckt, als sich die Tür öffnete und zwei Männer in die Calle traten. Der eine, bei ihm musste es sich wohl um Cascone handeln, war um die sechzig, sehr schlank, mit grauen Haaren und einem schmalen, grauen Oberlippenbart. Seine Augenbrauen dagegen waren buschig und schwarz. Er hatte einen dunklen Teint und eingefallene Wangen. Der andere, offenbar der Leibwächter, war groß und breitschultrig und machte den Eindruck, als hätte er sein ganzes Leben in einem Fitnesscenter verbracht. Er hatte ölig glänzende, schwarze Haare, die streng nach hinten gekämmt waren und einen akkurat gestutzten Vollbart. Unter seinem taillierten Jackett zeichnete sich ein Schulterholster ab.

Marek ging davon aus, dass er die Waffe legal trug. In diesen Kreisen war es kein Problem einen Waffenschein zu bekommen. Er war auf der Hut, wagte es aber trotzdem die beiden zu fotografieren. Dann folgte er ihnen unauffällig. Über den Campiello Chiesa ging es vorbei am Campo San Agostin. Dann bogen sie nach links ab. Bald darauf erreichten sie den Campo San Giacomo dell' Orio. Nun wurde es kritisch. Der Platz war relativ groß und fast Menschen leer. Hier würde er auffallen. Die beiden Männer gingen zielstrebig auf die Kirche zu, dann am Campanile vorbei zu einem kleinen Platz, von dem aus sie das Gebäude betraten. Marek hielt sich in Sichtweite und schlenderte unauffällig am Rand des Platzes entlang. Nachdem Cascone und sein Begleiter die Kirche betreten hatten, wartete er noch eine Minute, dann folgte er ihnen. Er brauchte einen Moment um sich an den Übergang vom grellen Sonnenlicht an das Halbdunkel des Sakralen Raums zu gewöhnen.

Er suchte den verwinkelten, durch viele Säulenreihen, Quer- und Seitenschiffe unterteilten Kirchenraum ab. Dann sah er sie. Cascone sprach angeregt mit einem Mann, der offenbar an einem Gemälde arbeitete. Der andere stand ein paar Meter abseits, bereit ungebetene Besucher zu verscheuchen.

„Ich würde Gott weiß was darum geben zu erfahren, was die gerade reden", dachte Marek und hielt sich weiter diskret im Hintergrund.

Ein paar Minuten später verließen Cascone und sein Begleiter die Kirche. Marek aber blieb. Wie ein Tourist betrachtete er die teils byzantinischen Säulen und wertvollen Altarbilder. Dabei steuerte er wie zufällig auf den Mann zu, mit dem Cascone eben noch gesprochen hatte und der nun wieder in seine Arbeit vertieft auf einem kleinen Gerüst saß.

„Entschuldigung", rief Marek.

Der Mann sah mürrisch auf ihn hinunter.

„Eigentlich ist hier geschlossen."

„Oh, das wusste ich nicht. Ich sah eben zwei Männer herauskommen und bin dann einfach hinein gegangen."

„Das war geschäftlich."

„Ach so. Dann entschuldigen Sie bitte. Sagen Sie, ist das ein echter *Veronese*?"

Die Gesichtszüge des Mannes glätteten sich und

die Andeutung eines Lächelns zeigte sich.

„Ah, Sie kennen sich aus. Ja, das sind die Heiligen Laurentius, Hieronymus und Prosper von *Veronese*. Es hat etwas gelitten in den Jahren, deshalb muss ich es restaurieren."

„Dazu gehört bestimmt großes Können und Erfahrung", schmeichelte Marek dem Mann weiter. Der legte auch prompt sein Werkzeug beiseite und setzte sich auf den Rand des Gerüstes.

„Natürlich. Sie sind kein Venezianer, aber auch keiner dieser verdammten Touristen."

„Stimmt, ich wohne in Caorle, bin aber sehr oft hier in Venedig."

„Ich bin hier geboren und habe an der Accademia studiert. Einer meiner Vorfahren hat bei Tintoretto gearbeitet. Der hatte oben in Cannaregio, in der Nähe der Madonna dell' Orto gewohnt…"

„…und ist in dieser Kirche begraben", ergänzte Marek, „ich war schon mehrmals dort und habe seine Werke bewundert."

Jetzt war das Eis ganz gebrochen. Der Mann rutschte von seinem Gerüst herunter, wischte sich die Hände an seinem Hemd ab und streckte Marek dann die rechte entgegen.

„Tommaso Colleone, freut mich."

„Roberto Marek, ganz meinerseits."

„Sehen Sie, ich habe mich ganz auf die Malerei der Renaissance spezialisiert. Ich erkenne die Pigmente, aus denen die alten Meister ihre Farben gemischt hatten. Ich kenne ihre Techniken, ihren Pinselstrich. Deswegen bin ich hier ein gefragter Restaurator. Von der Malerei an sich könnte ich nicht leben."

„Faszinierend. Dann könnten Sie diese Werke auch sicher kopieren?"

Colleones Miene verfinsterte sich einen Moment lang und Marek befürchtete, er wäre zu weit gegangen. Doch dann gewann sein Mitteilungsbedürfnis wieder die Oberhand.

„Natürlich könnte ich das, aber das ist ja verboten. Es sei denn, ich lasse die Signatur weg und kennzeichne das Bild als Kopie, oder signiere es mit meinem Namen."

„Natürlich", lachte Marek, „und was halten Sie vom Expressionismus?"

„Bah, das kann jeder", meinte Colleone abfällig, „so malen Kinder in der Schule. Sehen Sie, das ist das Problem in der Kunst heute zu Tage. Machen Sie ein paar bunte Kleckse auf eine Leinwand und haben einen Namen, wie zum Beispiel Miro, dann ist das Kunst. Eben ein Miro. Machen Sie das Gleiche, bleiben es bunte Kleckse."

„Da haben Sie wohl recht", meinte Marek betrübt.

Colleone zog ein Kärtchen aus seiner Brusttasche und reichte es ihm.

„Wenn Sie möchten, können Sie mich ja einmal besuchen. Ich habe ein kleines Atelier in der Calle Loredan. Nachmittags bin ich immer dort."

„Danke, ich werde darauf zurückkommen."

Nachdem sie sich verabschiedet hatten, ging Marek, äußerst zufrieden mit dem, was er gesehen und gehört hatte, zurück zu Cascones Palazzo.

Er hatte Hunger, aber die stark überzogenen Preise hier in Venedig war er nicht gewillt zu bezahlen.

Als sich nach einer Stunde nichts mehr Nennenswertes getan hatte, machte er sich auf den Heimweg.

***

Marek hatte sich in Rosas Trattoria eine große Portion *spaghetti alle vongole* gegönnt. Nun saß er vor seinem Schreibtisch und lud die Fotos auf seinen Laptop. Dann rief er Ghetti an.

„Ciao Michele. Ich war heute in Venedig und habe mir den Palazzo von Cascone angesehen. Der ist wie eine Festung gesichert."

„Hatte ich dir doch gesagt. Da kommst du nicht ran."

„Aber er muss ja mal raus. Und das tat er auch. Zusammen mit einem seiner Bodyguards ist er in die Chiesa San Giacomo dall' Orio gegangen."

„Sizilianer sind halt besonders katholisch. Selbst bei der Mafia.“

„Mag ja sein, dass die so scheinheilig sind, aber der war nicht zum Beten dort. Er hat in der Kirche mit einem Maler gesprochen, der dort ein Gemälde von *Veronese* restauriert. Das war nicht irgendein Maler, sondern ein richtiger Künstler. Der könnte alle großen Meister kopieren.“

„Hast du etwa mit ihm gesprochen?“

„Aber sicher habe ich das. Er hat mich sogar in sein Atelier eingeladen.“

„Du wirst aber nicht hingehen, oder?“, fragte Ghetti besorgt.

„Und ob ich das mache. Kapierst du denn nicht? Wenn Cascone eine geschäftliche Beziehung zu diesem Maler pflegt könnte es doch durchaus sein, dass dies mit den gefälschten Bildern in Zusammenhang steht.“

„Ach du meinst…“

„…genau das meine ich. Ich werde morgen nochmal hinfahren. Vielleicht bekomme ich noch mehr heraus. Ich schicke dir gleich ein Foto, auf dem Cascone und sein Wachhund zu sehen sind. Könntest du herausfinden, ob der Kerl irgendwo schon einmal auffällig geworden ist?“

„Gut, mach ich“, seufzte Ghetti, „pass bloß auf.

Du steckst schon wieder bis zum Hals in einer sehr gefährlichen Sache, wenn du mich fragst."

„Ja, ich pass schon auf. Melde dich, wenn du etwas hast. Ciao."

***

Am nächsten Morgen war Marek wieder früh auf den Beinen. Er saß am Küchentisch, trank seinen Caffè, rauchte eine Zigarette und überlegte, was er als erstes unternehmen sollte. Auf jeden Fall würde er dem Maler einen Besuch abstatten. Auch in der Hoffnung etwas mehr über Kopien berühmter Gemälde zu erfahren. Aber das konnte noch etwas warten. Viel wichtiger schien es ihm jedoch, mehr über seine möglichen Gegner zu erfahren und dazu musste er nochmals den Palazzo observieren. Und mit etwas Glück könnte er bei der Immobilien Agentur noch Informationen über das Gebäude bekommen. Er hatte allerdings noch keinerlei Vorstellung, wie er das bewerkstelligen sollte.

Eine halbe Stunde später war er wieder auf dem Weg. Diesmal nach Punta Sabbioni. Da er ohnehin nach San Marco musste, konnte er auch direkt dorthin fahren.

In der Nähe der völlig überfüllten Piazza, auf der nicht einmal mehr die Tauben einen Platz zum Landen hatten, fand er die Agentur *Santorio Immobiliare*.

Neugierig sah er durch das Schaufenster. Das Büro war modern eingerichtet und diese Einrichtung war bestimmt nicht billig. An einem Schreibtisch saß eine Frau, deren Alter sich schwer schätzen ließ. Sie trug ein altmodisches Kostüm, eine große Hornbrille und sie hatte ihre bereits angegrauten Haare streng nach hinten gekämmt, wo sie in einem Knoten zusammengefasst waren. Und diese Frau sah ihn mit zusammengekniffenen Augen direkt an.

Marek zuckte unmerklich zusammen. Wie sollte er sich nun verhalten? Einfach das Weite suchen? Dann war es das aber auch. Dann konnte er die Informationen, die er haben wollte, gleich vergessen. Also straffte er sich und ging hinein.

„*Buon giorno, Signora…*"

„*…signorina, signorina Falcone, buon giorno.*"

„*Scusi signorina*, ich dachte…"

„…was kann ich für Sie tun?", unterbrach sie ihn.

„Nun, ich wollte für meinen Ruhestand eine Immobilie hier in Venedig erwerben."

„Verstehe. Und an was dachten Sie speziell?", fragte sie nun etwas freundlicher und die Andeutung eines Lächelns zeigte sich in ihrem blassen, schmalen Gesicht, in dem zwei tiefe Furchen dominierten, die sich zwischen Nasenflügel und Mundwinkel zogen.

„Also ich hatte bei einem Besuch vor einigen Jahren einen kleinen Palazzo am Rio San Agostin gesehen, der offenbar zum Verkauf stand. Der scheint jetzt wohl einen Besitzer gefunden zu haben, aber in diese Richtung dachte ich schon. Was müsste ich für ein solches Objekt investieren?"

Nun lächelte sie wirklich und zeigte eine Reihe ebenmäßiger, weißer Zähne.

„Je nach Lage und Zustand der Bau Substanz, zur Zeit ab etwa fünf Millionen. Nach oben gibt es da allerdings keine Grenze", lächelte sie. „Das Gebäude von dem Sie sprachen haben wir übrigens damals auch verkauft."

Marek sah nun seine Chance gekommen. Jetzt oder nie.

„Mein Name ist Marek, Roberto Marek. Darf ich Sie zu einem Caffè einladen, Signorina? Es lässt sich besser plaudern, finden Sie nicht auch?"

Eigentlich schämte er sich für das, was er hier tat, aber andererseits würde er aus dieser verschlossenen Auster sonst nichts herausbekommen.

Kurz darauf saßen sie auf der Piazza San Marco im *Florian*, wo ein Caffè fast genauso viel kostete, wie ein Mittagessen bei Rosa. Glücklicherweise hatten die Musiker, die hier sonst von Vivaldi bis Johann Strauss alles verunstalteten, gerade Pause. Diese Saitenquäler konnte er nicht ertragen. Vivaldi würde sich im Grab umdrehen, wenn er das hören müsste.

***

Als Marek die Signorina Falcone später zurück in Ihr Büro geleitet und sich formvollendet verabschiedet hatte, war sein Ärger über die unverschämten Preise verflogen und es überwog die Freude über das, was er alles über Cascones Palazzo erfahren hatte. Die Signorina entpuppte sich dabei als ein wahrer Quell von interessanten Informationen und so betrachtete er die horrende Rechnung im *Florian* als sinnvolle Investition.

Als nächstes wollte er nun dem Atelier von Tommaso Colleone einen Besuch abstatten. Nachmittags wäre er ja dort anzutreffen, hatte er gesagt und so machte sich Marek auf den Weg nach Cannaregio.

Die Calle Loredan war eine schmale Gasse, in der kein Mensch zu sehen war. Die Häuser standen teilweise so eng gegenüber, dass die Bewohner sich aus dem Fenster per Handschlag begrüßen konnten. Das Atelier befand sich in einem mehrstöckigen Haus, dessen ehemals rot angestrichener Verputz entweder völlig verblasst, oder schon abgebröckelt war.

Marek drückte auf den Klingelknopf. Kurz darauf hörte er ein leises Knacken. Er stieß die Türe auf und stand in einem sehr gepflegten Treppenhaus, in dem es angenehm kühl war. Der Marmorboden glänzte wie frisch geputzt und es roch verführerisch nach Knoblauch und Tomatensugo.

Er stieg die breite, gewendelte Treppe nach oben. Die Tür im obersten Stockwerk war nur angelehnt. Er klopfte an den Türrahmen.

„*Permesso.*"

„Es ist offen, kommen Sie herein."

Colleone empfing Marek im Flur wie einen alten Bekannten.

„Das freut mich aber, dass Sie es so schnell wahrmachen konnten. Kommen Sie, kommen Sie. Ich gehe mal voraus."

„Der freut sich ja wirklich", dachte Marek und folgte dem Mann in einen großen, sonnendurchfluteten Raum am Ende des Flurs.

„Nehmen Sie Platz", sagte Colleone und wies auf einen alten, verblichenen Sessel mit Brokatbezug. „Das hier ist also mein Reich. Hier entsteht alles, was ich will. Möchten Sie einen Caffè?"

„Ja, sehr gerne."

„Ich habe gerade frischen gemacht. Er müsste jetzt fertig sein. Einen Moment bitte."

Während er den Maler in der Küche hantieren hörte, verschaffte sich Marek einen ersten Überblick. Auf einer großen Staffelei in der Ecke stand offenbar ein Bild, was mit einem Tuch verhängt war. Entlang der Wände standen Gemälde, die ihm teilweise bekannt vorkamen und auf einem großen Tisch vor einem der Fenster türmten sich Farben, Pinsel, Glasflaschen mit buntem Pulver, Farbpaletten und Kanister mit Terpentin.

Colleone kam zurück und reichte Marek eine kleine Tasse.

„Ich hoffe er schmeckt Ihnen."

„Danke, das Aroma ist schon einmal köstlich."

„Ich denke, Sie möchten sicher ein paar meiner Arbeiten sehen. Dafür sind Sie ja gekommen, oder?"

„Gerne, wenn ich darf, aber vorher hätte ich noch eine Frage."

„Fragen Sie nur."

„Was sind das für farbige Pulver dort in den Gläsern?"

„Das sind Farbpigmente. Früher konnten die alten Meister ihre Farbtuben noch nicht im Supermarkt kaufen. Jeder mischte sich seine Farben nach einer speziellen Rezeptur selbst. Und für die Restaurierung, oder eine perfekte Kopie brauche ich natürlich auch die alten Farbmischungen, die ich mir hiermit selbst herstelle."

„Ah, verstehe. Mmh, der Caffè ist wunderbar."

„Das freut mich", rief der Maler, während er einige Bilder, die ringsum an den Wänden verteilt standen, zusammensuchte.

„Das hier ist ein Bildnis von Pietro Loredano, dem Dogen. Tintoretto malte es etwa um 1570."

Marek verschlug es die Sprache. Er kannte dieses Gemälde, das in der *National Gallery of Victoria* hängt, nur aus einem Bildband, aber es sah für ihn perfekt aus. Die Farbgestaltung, der Pinselstrich, einfach unglaublich.

„Dies hier ist das Urteil des Paris von Lucas Cranach dem Älteren. Das Original hängt in Seattle. Und hier haben wir die Perspektive mit Portico, die Canaletto der Accademia schenkte, in Originalgröße."

Marek kam aus dem Staunen nicht mehr heraus. Diese Kopien waren einfach genial. Canalettos Werk hatte er schon mehrfach in der Gallerie dell' Accademia wegen seiner perfekten Perspektive und dem Lichtspiel bewundert. Für ihn war hier kein Unterschied auszumachen.

„Maestro, ich weiß nicht, was ich sagen soll. Ich bin begeistert. Wenn ich darf, werde ich bestimmt noch einmal vorbeikommen. Und vielen Dank für den köstlichen Caffè."

„Das würde mich freuen, Signor Marek."

Marek hatte sich erhoben und war schon auf dem Weg nach draußen, als er sich plötzlich noch einmal umdrehte.

„Sagen Sie, Signor Colleone, malen Sie solche Kopien auch auf Bestellung?"

„Das kommt auch manchmal vor, aber wie gesagt, sie dürfen dann nur von mir selbst, oder gar nicht signiert sein. Warum?"

„Och, ich überlegte gerade, ob ich nicht für mich ein Werk bei Ihnen in Auftrag geben sollte. Ich suche mir noch eines aus. Bis zum nächsten Mal."

***

Marek war einigermaßen zufrieden mit dem, was er gesehen hatte. Dieser Mann war spielend in der Lage jedes Gemälde der Welt perfekt zu fälschen. Warum sollte sich dann nicht jemand wie Cascone seiner bedienen? Wenn solch ein Künstler sich mit Restaurationsarbeiten über Wasser halten musste, war er einem ordentlichen Nebenverdienst bestimmt nicht abgeneigt. Dann hatte ihn Cascone in der Hand und er musste weiter liefern.

Langsam schlenderte er zurück zum Campo San Agostin. Den Palazzo weiter zu beobachten, hatte er keine Lust mehr. Das würde er morgen wieder tun, aber ein Hungergefühl machte sich bemerkbar. Um die Ecke sah er eine Taverne, der er bislang keine Beachtung geschenkt hatte. Sie machte einen guten Eindruck und die Preise waren für venezianische

Verhältnisse mehr als human.

Er trat ein und bestellte sich eine Portion *Seppioline ai ferri*, die ausgezeichnet schmeckten. Dieses Lokal musste er sich merken. Das Essen war hervorragend, Die Preise waren zivil und Cascones Palazzo lag in Sichtweite. Das war perfekt.

Für heute hatte er genug und so trat er den Heimweg an. Auf der Rückfahrt mit dem Vaporetto notierte er alles, was er erfahren hatte. Später, als er an seinem Schreibtisch saß, machte er sich anhand der Angaben von Signorina Falcone eine Skizze des Palazzo, mit der ungefähren Lage der Räumlichkeiten. Cascone musste ein Vermögen für die Um- und Einbauten bezahlt haben.

9

Es war Mittwochabend. Eigentlich ein Mittwoch
wie immer hier im Frankfurter Rotlichtbezirk. Die
Bars und Kneipen waren schon gut besucht und auch
die Kontakthöfe und Bordelle konnten sich über das
Vorabendgeschäft nicht beklagen. Der junge Mann
vor dem Eingang zur Venus Bar versuchte wieder
Kunden anzulocken, indem er ihnen Rabatte ver-
sprach, die hinterher ohnehin nicht gegeben wurden,
da man sie vorher schon auf die Getränke aufgeschlagen hatte, bevor man sie abzog. Und ein be-
trunkener Kunde, der von einem halbnackten Mädchen umgarnt wurde, merkte das ohnehin nicht
mehr.

Doch an diesem Mittwochabend war etwas anders. Etwas lief hier unbemerkt ab, wie Paul Krüger
und der Einsatzleiter des Sondereinsatzkommandos
hofften. Nach und nach wurden die Hinterhöfe und
Einfahrten rund um die Venus Bar von schwer be-
waffneten Beamten besetzt, die in der Dämmerung
nur noch schemenhaft wahrzunehmen waren. Zivil-
beamte parkten ihre Fahrzeuge in unregelmäßigen
Abständen auf beiden Seiten der Straße.

Die Dealer, die sich an den Straßenecken herumtrieben, hatten ein feines Gespür für Gesetzeshüter. Tauchte einer auf, waren sie schon verschwunden. Das alarmierte dann sofort alle anderen in der Straße und wer etwas zu verbergen hatte, verdrückte sich sofort, bis die Luft wieder rein war.

Da man sich ein solches Szenario bei dem geplante Einsatz nicht leisten konnte, wurden nach und nach die Dealer still und leise aus dem Verkehr gezogen und durch ähnlich gekleidete Polizisten ersetzt. Es schien, als würde alles seinen normalen Gang gehen.

„Er kommt", hörte der Einsatzleiter seinen Kollegen an der Straßenecke über Funk.

„Verstanden. Ab sofort absolute Funkstille. Zugriff nur auf mein Kommando."

Ein mehrfaches Knacken aus dem Lautsprecher war die Bestätigung, dass alle Einheiten verstanden hatten.

Kurz darauf sahen sie den Maserati heranrollen und vor der Venus Bar anhalten. Hauptkommissar Schulthe schwang sich lässig aus dem Wagen und betrat den Laden.

„So einen Wagen kann ich mir im Leben nicht leisten", raunte der Einsatzleiter Paul Krüger zu. „Diese Drecksau!"

Paul nickte zustimmend. Die Spannung stieg.

Man konnte sie förmlich greifen. Ein Polizist in Zivil torkelte zum Eingang, sprach kurz mit dem jungen Mann vor der Tür, nahm einen der Werbezettel und ging hinein. Er stellte sich an die Theke in der Nähe des Eingangs und bestellte sich ein Bier. Von hier aus hatte er den ganzen Raum im Blick.

Schulthe stand am anderen Ende des Tresens und sprach angeregt mit einem bulligen und bis zum Hals tätowierten Typen. Das musste der Beschreibung nach Bogdan sein.

Dann griff Bogdan unter die Theke und legte, nachdem er sich mehrmals umgesehen hatte, Schulthe einen Umschlag hin, den dieser schnell in der Tasche seines Sakkos verschwinden ließ.

„Jetzt!", flüsterte der Polizist am Tresen in das kleine Mikrofon, das in seinem Ärmel versteckt war.

„Es geht los", sagte der Einsatzleiter zu Paul Krüger und gab den Befehl zum Zugriff.

Schwer bewaffnete Polizisten des SEK stürmten die Bar. Schulthe blickte einen Moment erschrocken zur Tür, dann versuchte er die Situation zu seinen Gunsten zu retten.

„Hallo Kollegen, hier ist nix. Alles im grünen Bereich", rief er und stellte sich lässig den Beamten in den Weg.

„Das glaub ich dir", sagte der Polizist am Tresen

und legte Schulthe Handschellen an.

„Hey, was soll das?", brüllte der. „Seid ihr besoffen?"

„Das glaube ich nicht, du Schwein", sagte der Polizist und zog den Umschlag aus Schulthes Jackentasche. „Was haben wir denn hier schönes?"

Schulthe wusste, dass er verloren hatte und sackte in sich zusammen.

Bogdan hatte die Verwirrung in dem angedunkelten Raum genutzt und war in Richtung Hinterausgang verschwunden. Als er in den Hinterhof rannte, traten ihm zwei Beamte des SEK mit gezogenen Waffen entgegen.

„Stehen bleiben, Polizei!"

Er wollte sich gerade umdrehen und zurück laufen, als ein weiterer Beamter in der Tür auftauchte. Bogdan zog eine Pistole und wollte sich den Weg freischießen. In diesem Moment wurde er von zwei Kugeln getroffen und fiel vornüber. Seine Waffe schepperte über den Boden.

„Er hat noch Puls", sagte einer der Polizisten, „ruf einen Krankenwagen."

***

Nach und nach kehrte wieder so etwas wie Normalität in der Straße ein. Schulthe wurde mit einem Streifenwagen ins Polizeipräsidium zum Verhör gebracht, der Notarzt hatte den angeschossenen Bogdan soweit versorgt, dass der Krankenwagen ihn abtransportieren konnte und das SEK hatte sich gesammelt und war zum Abrücken bereit.

„Danke für den Tipp, Kollege."

Der Einsatzleiter schüttelte Paul Krüger die Hand.

„Woher hatten Sie ihn?"

„Hat mir ein Vögelchen gezwitschert", lachte Paul und verabschiedete sich. Mareks Plan war aufgegangen.

10

Das Telefon klingelte unaufhörlich. Marek blinzelte verwirrt in das Licht seiner Leselampe. Er sah auf die Uhr. Es war schon nach Mitternacht. Er musste wohl beim Lesen eingeschlafen sein. Missmutig nahm er den Hörer.

„*Pronto.*"

„Nix pronto, hier ist Paul. Du erinnerst dich?"

Marek wischte sich den Schlaf aus den Augen.

„Hallo Paul, tut mir leid, ich war eingeschlafen. Gibt's was Neues?"

„Deshalb rufe ich ja so spät noch an. Dein Plan hat funktioniert. Wir haben das Schwein. Momentan wird er noch verhört. Dieser Bogdan wollte abhauen. Als die Kollegen ihn im Hof stellten, zog er eine Waffe und hat dabei zwei Kugeln gefangen. Er wird aber durchkommen. Die Kollegen hoffen, dass er dann singt."

„Das glaube ich weniger. Einer wie der beißt sich lieber die Zunge ab, bevor er jemanden verrät. Aber egal, Hauptsache Schulthe ist aus dem Verkehr gezogen. Das ist eine gute Nachricht."

„Dann schlaf weiter. Bis bald."

„Mach's gut Paul und danke."

Marek schlurfte in die Küche und trank einen Schluck Wasser und steckte sich eine Zigarette an. Schulthe aus dem Verkehr gezogen und hoffentlich für lange Zeit in Staatspension. Das war wirklich eine gute Nachricht. Jetzt musste er nur noch hier in diesem Fall weiterkommen. Er drückte die Zigarette aus und legte sich gut gelaunt schlafen.

***

Am nächsten Morgen konnte er es kaum abwarten nach Venedig zu kommen.

Am Campiello vor Cascones Palazzo setzte er sich wieder unter einen Sonnenschirm, von wo aus er den Eingang halbwegs im Blick hatte. Da er nicht gefrühstückt hatte, bestellte er sich Caffè sowie ein Käse-Schinken Sandwich und wartete. Eine Stunde lang geschah nichts und Marek war schon versucht zu gehen, da nahm er Bewegungen hinter den Fenstern im unteren Geschoß wahr. Er ging langsam vor zur Brücke. In diesem Moment öffnete sich die Eingangstür und ein Mann kam ihm direkt entgegen. Hatten sie etwas bemerkt? Zum Umkehren war es jedenfalls zu spät. Er konnte nur noch abwarten und sehen was passierte.

Doch der Mann ging einfach vorbei und schenkte ihm keinerlei Beachtung. Marek atmete tief durch und wartete einen Moment. Dann folgte er ihm. Der

Mann machte nicht den Eindruck, als wäre er einer von Cascones Bodyguards. Er war etwa Mitte vierzig, relativ klein und schmächtig. Er hatte eine Glatze, die durch einen braunen Haarkranz eingerahmt wurde. Auffällig war sein Gang. Mit kleinen Trippelschritten war er ziemlich flott auf den Beinen und Marek musste aufpassen, ihn nicht aus den Augen zu verlieren.

Nach kurzer Zeit war klar, der Mann ging den gleichen Weg, den Cascone vor ein paar Tagen genommen hatte. Als er dann auch noch die Kirche betrat, setzte sich Marek auf eine Bank und hielt seine kleine Kamera bereit. Ein paar Minuten später erschien der Mann wieder und er drückte schnell auf den Auslöser. Dabei hoffte er inständig, das er unbemerkt geblieben und das Foto brauchbar war.

Marek hatte sich schon auf den Rückweg eingerichtet als er sah, dass der Mann eilig in die entgegengesetzte Richtung ging. An der Traghetto Station San Marcuola bestieg er die Gondel um sich nach Cannaregio übersetzen zu lassen.

„Verdammter Mist!", fluchte Marek und drückte sich an eine Hauswand um nicht gesehen zu werden. Er konnte ja unmöglich mit der gleichen Gondel fahren und wenn er die nächste nahm, war der Mann verschwunden, bis er auf der anderen Seite ankam.

Dann dämmerte es ihm, wohin dieser Mann wahrscheinlich gehen würde.

Nachdem Marek mit der nächsten Fähre den Canal Grande überquert hatte, was ihm wie eine Ewigkeit vorkam, ging er zielstrebig, vorbei am Ghetto, zur Calle Loredan.

Die Eingangstür zu dem Gebäude, in dem Colleone sein Atelier hatte, was er selbst ja am Montag erst besuchte, stand offen. Vorsichtig ging er hinein. Innen war es wieder angenehm kühl. Kein Laut war zu hören. Langsam stieg er die geschwungene Treppe hinauf. An der Tür im obersten Stockwerk hing ein Schild aus Pappe auf dem Colleones Namen mit roter Ölfarbe gepinselt war. Hing das beim letzten Mal schon da? Er wusste es nicht mehr. Die Türe zum Atelier war nur angelehnt. Marek überlegte, wie er weiter vorgehen sollte. Er war unbewaffnet und hatte keine Ahnung, was ihn dort drin erwarten würde. Andererseits konnte das, was er eventuell finden, oder in Erfahrung bringen könnte, enorm zur Lösung des Falls beitragen.

Die Neugier gewann die Oberhand. Vorsichtig stieß er mit der Fußspitze die Tür ein Stück weit auf und lauschte hinein. Es war totenstill, nicht das kleinste Geräusch zu hören. Langsam betrat er die Wohnung, immer darauf bedacht nichts umzuwerfen oder gegen irgendetwas zu stoßen.

Außer dem Atelier, das er schon gesehen hatte, gab es noch drei weitere Räume. Eine Küche, ein Bad und ein Schlafzimmer. Allesamt sehr ordentlich und sauber. Aber kein Hinweis auf Colleone oder den Fremden.

Beruhigt ging Marek weiter, doch an der Tür zum Atelier blieb er wie angewurzelt stehen. Überall lagen Pinsel, Farbtuben und sonstige Malutensilien auf dem Boden verstreut. Ein halbfertiges Bild war von der Staffelei gerutscht. Andere Bilder waren beschädigt und wahllos im Raum verteilt. Und mitten in diesem Chaos lag ein Mann auf dem Boden. Ähnlich drapiert wie die Leiche von Jan Osmers im Städel. Es war Colleone und auf seinem Hemd hatte sich ein roter Fleck breit gemacht.

„Verdammter Mist!", fluchte Marek.

Er war sich sicher, das konnte nur der kleine Mann gewesen sein und der hatte höchstens fünfzehn Minuten Vorsprung gehabt. Nachdem er den Maler in der Kirche nicht angetroffen hatte, ging er direkt hierher.

Marek sah sich die Stichverletzung näher an. Es war annähernd die gleiche Stelle wie bei Osmers. Hatte er hier womöglich auch dessen Mörder verfolgt? Auf jeden Fall lief alles bei Cascone zusammen, das stand für ihn nun fest.

Er überlegte einen Moment, was er nun tun sollte. Die Polizei konnte er schlecht einschalten. Wie sollte er erklären, was er hier wollte? Und auf endlose Verhöre in der Questura hatte er keine Lust.

Erst machte er ein paar Fotos, dann hob er einen Lappen vom Boden auf, den Colleone offenbar zum Reinigen der Pinsel verwendet hatte und untersuchte gründlich das Atelier, peinlichst darauf bedacht, keine Spuren zu hinterlassen.

Bald kam er aus dem Staunen nicht mehr heraus. Neben den Bildern, die er am Montag schon gesehen hatte, gab es hier perfekte Kopien, oder Fälschungen, wie man es eben betrachten wollte, von Tintoretto, Tizian und Giorgione. Darunter auch sein Lieblingsgemälde „*la tempesta*" in Originalgröße, das er immer in der Accademia bewunderte.

Aber sehr zu seiner Überraschung fand er in einem Stapel achtlos in eine Ecke geworfener Leinwände auch mögliche Fälschungen bekannter expressionistischer Werke von Kandinsky, Macke, Marc, von Werefkin und auch von Emil Nolde. Alle waren seiner bescheidenen Meinung nach perfekt kopiert und mit der originalen Signatur versehen, obwohl Colleone nach eigenen Angaben von dieser Stilrichtung absolut nichts hielt. Es musste sich um

Auftragswerke handeln. Vielleicht wollte er aussteigen und Cascone konnte das nicht zulassen.

Die Bilder waren teilweise auf Leinwand, teilweise auf Karton gemalt. Marek nahm sie vorsichtig einzeln auf und fotografierte sie sorgfältig. Einige der Bilder hatten auf der Rückseite Aufkleber von Galerien, die zum Teil ziemlich alt und verblichen aussahen. Auch davon machte er Fotos. Dann legte er alles wieder so hin, wie er es vorgefunden hatte.

Auf einem großen Tisch fand er noch etwas Interessantes. Unter einem Berg Malutensilien lagen ein Stoß weiterer Galerieaufkleber, die teilweise ziemlich alt zu sein schienen und ein Katalog mit den *„ungemalten"* Bildern Noldes. Als er ihn vorsichtig durchblätterte sah er, dass einige der Bilder mit einem roten Kreuz versehen waren. Das würde er sich zuhause genauer ansehen. In der Küche fand er einen Einkaufsbeutel, packte den Katalog sowie ein paar der Aufkleber hinein und verließ das Atelier. Unten sicherte er sich nach allen Seiten ab, aber es war um die Mittagszeit bei dieser Hitze niemand in der schmalen Gasse zu sehen.

Ganz in Gedanken schlenderte Marek ziellos durch diesen nördlichen Stadtteil Venedigs, bis er den Bahnhof erreichte. Dort setzte er sich auf die Stufen der Ponte degli Scalzi, steckte sich eine Zigarette an und überlegte, was er nun machen sollte.

Ständig kamen irgendwelche Touristen, störten ihn bei seinen Überlegungen und baten darum ein Foto von ihnen zu machen. Er kam zu dem Schluss, dass er heute hier nichts mehr ausrichten konnte und machte sich auf den Rückweg zum Anleger.

**

Am späten Nachmittag saß Marek an seinem Schreibtisch, sichtete und sortierte seine Informationen, die er bisher gesammelt hatte. Die schrieb er dann auf kleine Notizzettel, die er an die Wand über dem Schreibtisch klebte. Die Wand auf der, wegen der vielen Zettel vergangener Fälle, kaum noch Farbe zu sehen war und die er schon seit Monaten dringend gestrichen haben wollte.

Als er fertig war betrachtete er sein Werk, dann rief er Ghetti an.

„Ciao Michele. Ich glaube, ich weiß wer der Mörder von diesem Kunstdetektiv in Frankfurt ist."

„So, und woher willst du das wissen?"

„Ich habe ihn heute gesehen."

„Du hast was?"

„Ja, und er hat heute noch jemanden umgebracht."

Einen Moment lang herrschte völlige Stille.

„Michele, bist du noch da?"

„Ja, sicher bin ich noch da. Ich musste das erst einmal verdauen. Ich glaube, ich komme gleich einmal bei dir vorbei und du erzählst mir alles in Ruhe, damit ich das auch verstehe."

„Prima, ich besorge noch ein paar Cornetti und mache uns einen Caffè."

„Na gut", meinte Ghetti, der nicht unbedingt ein Freund dieser süßen Hörnchen war.

„Ach, bevor ich es vergesse, ich schicke dir noch ein Foto von dem Kerl. Vielleicht habt ihr etwas über ihn."

***

Marek war gerade von dem kleinen Supermarkt zurück und hatte die Caffettiera aufgesetzt, als Ghetti eintraf.

„Komm rein, der Caffè ist gleich fertig."

„Also", begann Marek und biss in ein, mit Vanillecreme gefülltes Cornetto, „ich war noch zweimal drüben in Venedig. Am Montag stattete ich der Agenzia *Santorio Immobiliare* einen Besuch ab. Cascone hat über sechs Millionen für den vergammelten Palazzo bezahlt und noch einmal mindestens das Gleiche für Ein- und Umbauten reingesteckt. Ich habe hier mal einen Plan von dem Haus gezeichnet…"

„Stopp", unterbrach ihn Ghetti, „woher hast du denn diese Informationen? An die kommst du doch legal nicht ran."

„Och, eine Einladung ins *Florian*", grinste Marek.

„Jetzt verstehe ich gar nichts mehr."

„Die Signorina, die in dem Laden arbeitet, sah mich direkt durch die Schaufensterscheibe an. Da musste ich ja reingehen."

„Und da hast du dich an das junge Ding rangemacht."

„Das junge Ding ist ein spätes Mädchen vom Typ rühr mich nicht an. Sehr auf ein strenges Äußeres bedacht. Ich musste meinen ganzen Charme aufwenden, um mit ihr ins Gespräch zu kommen."

Ghetti musste lachen.

„Entschuldige, aber gerade du hast eher einen Charme wie eine Drahtbürste."

„Auf die Signorina hat es jedenfalls gewirkt", meinte Marek beleidigt. „Ich sagte ihr, dass ich mich für den Kauf einer Immobilie interessiere. Ähnlich der am Rio San Agostin. So kamen wir ins Gespräch. Ich lud sie dann ins Florian ein und bei Caffè und einer Etagere mir Gebäck wurde sie gesprächig. Weißt du, was dort ein Caffè kostet?"

„Sicher, da gehen ja auch nur elitäre Venezianer und dumme Touristen hin. Für die einen ein Zeichen ihres Standes und ihrer Kohle und für die anderen ein abgearbeitetes Muss aus ihrem Reiseführer."

„Es war aber zumindest eine Investition, die sich gelohnt hat. Die Signorina hatte nämlich nicht nur den Palazzo an Cascone verkauft, sondern in seinem Auftrag auch die Umbauten überwacht."

„Du hast die Signorina also schamlos ausgenutzt."

Marek ignorierte die Bemerkung und schob Ghetti seine Zeichnung hin.

„Und so ungefähr sieht der Kasten innen aus. Unten befinden sich zwei Bootsgaragen…"

„Die hat fast jedes Haus, das an einem Kanal liegt, aber die meisten sind vergammelt."

„Die hier nicht. Die Zugänge sind mit Kunststoff beschichtete Stahltore und elektronisch gesichert. Cascone hat dort auch zwei schnelle Motorboote liegen. Eines habe ich gesehen. Es war vor dem Tor angebunden. Die Tore öffnen sich per Fernbedienung. Im östlichen Teil, also auf der Seite zum Kanal, liegen seine Wohn- und Schlafräume. Alles in den edelsten Materialien, wie Signorina Falcone mir sagte. Im westlichen Teil der ersten Etage sind die Räume seiner Mitarbeiter und in der zweiten Etage hat er sich eine Art Bunker einbauen lassen. Verstärkte Wände, massive Holztüren mit Stahlkern, ein elektronisches Überwachungssystem mit Bewegungssensoren, Kameras und Alarmanlage, sowie eine ausgeklügelte Klimaanlage, die diesen Raum unabhängig von dem Rest des Hauses macht. Das oberste Stockwerk wurde ebenfalls mit Sicherheitstüren versehen und an das Alarmsystem angeschlossen. Was sagst du nun?"

„Er ist wahrscheinlich ein Sicherheitsfanatiker. Vielleicht hat er auch noch Angst, dass ihm seine alten Freunde ans Leder wollen."

„Michele, sei doch nicht so fantasielos. Ich glaube, dass er in diesen gesicherten Räumen etwas versteckt."

„So, und was?"

„Kunstwerke, nehme ich an. Er ist doch angeblich Kunstmäzen und Sammler. Dann würde auch die Klimaanlage Sinn machen."

„Du meinst, er bewahrt dort die Fälschungen auf, die er dann auf Ausstellungen und Auktionen schickt?"

„Oder er finanziert mit den Fälschungen seine Sammlung von Originalen."

„Aber das sind doch nur Vermutungen. Was war denn jetzt mit dem Mörder, den du gesehen hast?"

„Langsam, das kommt noch. Nachdem Ich Signorina Falcone in ihr Büro zurückbegleitet hatte, bin ich zu Colleones Atelier. Das ist der Maler, von dem ich dir erzählt hatte. Er hat mir bereitwillig eine Auswahl perfekter Kopien alter Meisterwerke gezeigt.

Die waren wirklich perfekt, soweit ich das als Laie beurteilen kann."

„Der hat dir freiwillig seine Fälschungen gezeigt?"

„Kopien, mein lieber Michele. Fälschungen werden es erst, wenn sie die Originalsignatur tragen und als Original ausgewiesen werden. Das hat er mir so erklärt."

„Verstehe. Und diese Bilder waren nicht signiert?"

„Nein. Heute bin ich also wieder zu Cascones Palazzo gegangen. Nach einer Weile kam dieser kleine Mann heraus, dessen Foto ich dir vorhin geschickt hatte. Ich folgte ihm natürlich. Zuerst ging er in die Chiesa San Giacomo dall' Orio, kam aber kurz darauf wieder raus. Du erinnerst dich? Cascone war ein paar Tage vorher auch dort und hat mit Colleone gesprochen. Ich folgte also dem Mann bis zum Traghetto Anleger **San Marcuola**. Da ich ja nicht mit ihm in der gleichen Gondel fahren konnte, nahm ich die nächste."

„Aber das dauert doch ewig", warf Ghetti ein, „bis dahin konnte er doch über alle Berge sein."

„Das befürchtete ich anfangs auch", meinte Marek und nahm sich noch ein Hörnchen, „aber dann war mir klar, wo er hin wollte. Er wollte zu Colleones Atelier. Ich ging also direkt zur Calle Loredan. Die Haustür stand offen, die Tür zum Atelier auch."

„Du bist doch hoffentlich nicht rein, oder?"

„Natürlich bin ich rein. Das Atelier war verwüstet und der Maler lag tot auf dem Boden. Auf die gleiche Weise erstochen, wie der Mann in Frankfurt."

„Und was haben die Kollegen gesagt?"

„Die konnten nichts sagen, weil ich sie nicht gerufen habe. Ich habe weder deine Kollegen, noch die Questura angerufen."

„Roberto", rief Ghetti fassungslos, „du warst doch selbst Polizist."

„Eben drum. Du weißt doch selbst, wie das hier läuft. Ich hatte einfach keine Lust auf dumme Fragen und endlose Verhöre."

„Da bist du einfach abgehauen?"

„Natürlich nicht. Ich habe das Chaos gründlich untersucht und dabei etwas sehr interessantes gefunden. Erstens hat Colleone doch Expressionisten gefälscht, obwohl er mir gegenüber diese Stilrichtung quasi als Kinderkram bezeichnet hatte. Zweitens hatten einige dieser Fälschungen Aufkleber von Galerien auf der Rückseite, die teilweise ziemlich alt aussahen und drittens fand ich einen Ausstellungskatalog, der die *ungemalten* Bilder von Emil Nolde beinhaltete."

„Und was sagt uns das?"

„Ganz einfach. Cascone ist schon mehrfach durch

gefälschte Expressionisten bei Ausstellungen und Auktionen aufgefallen und Colleone war sein Lieferant. Er konnte zwar immer durch Expertisen die angebliche Echtheit belegen, aber durch die Aufkleber der Galerien wissen wir nun, dass die auch gefälscht wurden was den Schluss zulässt, dass die Expertisen ebenfalls gefälscht waren. Oder vielleicht auch gekauft. Jedenfalls scheint das Geschäft so einträglich zu sein, dass er dafür morden lässt. Und nun haben wir den Scheißkerl."

Ghetti war verblüfft, wie einfach Marek seine Schlussfolgerungen darlegte, aber auch wie einfach sein Freund darüber hinweg ging, dass dort in Venedig ein Toter in seinem Atelier lag."

„Und nun?"

Marek schenkte Caffè nach.

„Als erstes versuchst du herauszufinden, ob man die Leiche schon gefunden hat und ob deine Kollegen involviert sind. Falls ja, könntest du vielleicht an ein paar Informationen kommen."

„Wie stellst du dir das vor? Ich kann doch von der Sache eigentlich nichts wissen."

„Du sollst ja auch nichts davon erzählen. Dir fällt schon etwas ein. Außerdem werde ich Dottore Lovati bitten, etwas über den Obduktionsbefund in Erfahrung zu bringen. Den soll er dann mit dem aus

Frankfurt vergleichen, den ich von dem dortigen Gerichtsmediziner zugeschickt bekomme."

„Aber das ist illegal."

„Sagen wir ein Freundschaftsdienst. Klingt hübscher. Lovati spielt da garantiert auch mit."

„Das glaube ich dir. Ihr seid beide unverbesserlich. Und was willst du noch?"

„Ich möchte wissen, wer die beiden Kerle sind, die für Cascone arbeiten. Es ist immer gut zu wissen, mit wem man es zu tun hat."

„Über den einen habe ich schon etwas. Der Kleiderschrank, den du mit Cascone zusammen fotografiert hast, hat bei uns eine ziemliche Akte. Sein Name ist Luigi Spadafora. Er stammt aus San Luca in Kalabrien. Er soll dort Auftragskiller der 'Ndrangheta gewesen sein, aber man konnte ihm nie etwas nachweisen..."

„...oder wollte nicht..."

„Später tauchte er dann in Neapel auf, wo er zweimal wegen schwerer Körperverletzung einsaß. In Rom wurde er bei einer Kontrolle wegen unerlaubten Waffenbesitzes festgenommen. Das gleiche ein Jahr später in Turin. Jedes Mal bekam er nur Bewehrungsstrafen. Seit acht Jahren arbeitet er für Cascone und seither gibt es keine Auffälligkeiten mehr."

„Also der Typ fürs Grobe. Der andere scheint mir

da etwas mehr zwischen den Ohren zu haben. Hast du über den schon etwas?"

„Wie denn? Du hast mir das Foto doch vorhin erst geschickt."

„Na gut, dann warten wir ab."

Marek schob Ghetti einige der Aufkleber über den Tisch.

„Was ist das?"

„Die habe ich auch gefunden. Lass die mal im Labor untersuchen. Ich möchte wissen, ob die wirklich so alt sind, wie sie aussehen. Solche Zettel kleben auch hinten auf den Fälschungen."

„Na gut, das auch noch, aber ich muss jetzt los. Danke für den Caffè."

„Nimm dir noch ein Cornetto mit."

„Nein danke", lachte Ghetti, „es reicht, wenn du dich damit vollstopfst."

***

Nachdem Ghetti gegangen war, rief Marek seinen Freund „Doc" Stängl in Frankfurt an und bat ihn um den Obduktionsbericht von Jan Osmers.

„Den bekommst du. Hast du denn schon eine Spur?"

„Ja, ich glaube sogar den Mörder zu kennen. Hier gab es auch noch einen Mord und die Wunde ähnelt der von Osmers. Der Pathologe hier soll sie mit deinem Bericht vergleichen."

„Na, dann viel Erfolg."

„Danke Doc."

Nun rief er Paul Krüger an.

„Hallo Paul. Du müsstest etwas für mich in Erfahrung bringen."

„Gerne, wenn es sich machen lässt. Wie weit bist du denn?"

„Ich glaube, ich kenne nun den Mörder von Osmers. Ich schicke dir gleich ein Foto. Damit gehst du bitte ins Museum und fragst den Kurator, ob der Mann im Auftrag von Cascone bei der Vorbereitung der Ausstellung anwesend war. Falls noch andere für Cascone dort tätig waren, lässt du dir die Namen geben und schickst sie mir gleich."

„Gut, das lässt sich einrichten. Ich fahre gleich morgen hin."

„Was macht eigentlich mein Freund Schulthe?"

„Der jammert und zwitschert wie eine Amsel", lachte Krüger, „Bogdan dagegen ist verschlossen wie eine Auster. Da hattest du recht."

„War nicht anders zu erwarten. Bin gespannt, wie lange Schulthe im Knast durchhält. Bis morgen und danke."

Marek setzte sich an seinen Schreibtisch und versuchte seine Gedanken zu ordnen. Dann nahm er seine Skizze des Palazzo und begann einen Plan auszuarbeiten. Irgendwie musste er an Cascone herankommen.

Das Läuten seines Telefons unterbrach ihn. Es war Silvana. Sie hatte er ganz vergessen.

„Ciao Roberto. Wir haben uns schon ein paar Tage nicht mehr gesehen."

Ihre Stimme klang vorwurfsvoll.

„Du warst ja auch beschäftigt."

„Was heißt auch? Was hast du denn gemacht?"

„Ich habe einiges herausgefunden und es gibt noch einen Mord, aber sonst hab ich nur gefaulenzt."

„Jetzt sei bitte nicht beleidigt. Wer wurde ermordet? Und wo?"

Ihre journalistische Neugier hatte die Oberhand gewonnen.

„Das ist eine lange Geschichte."

„Dann kommst du jetzt zu mir. Ich mache etwas zu essen und du berichtest mir alles. Keine Widerrede. Bis gleich."

Sie hatte einfach aufgelegt. Marek fügte sich, sammelte noch einige unterlagen zusammen und fuhr los.

Als er kurz darauf die Tür zu Silvanas Wohnung aufschloss, bestürmte sie ihn sofort mit einem Bombardement von Fragen.

„Darf ich vielleicht zuerst einmal reinkommen?"

„Ist ja schon gut. Komm mit in die Küche und dann erzählst du mir alles."

Silvana hatte eine Platte mit Schinken, Käse und Salami vorbereitet. Dazu gab es noch in Balsamico eingelegte Zwiebelchen, Oliven, Tomaten, Weißbrot und einen Raboso.

Marek fing an zu essen während sie den Kopf auf die Hände gestützt und die Stirn in Falten gelegt hatte. Er trank einen Schluck Wein und bei ihr bildete sich die erste Zornesader.

„Roberto!", fuhr sie ihn auf einmal an und ihm fiel vor Schreck eine Scheibe Salami aus der Hand.

„Du kannst essen, wenn du mir alles erzählt hast, oder meinetwegen auch während du mir erzählst, aber du kannst mich nicht einfach hier sitzen lassen, essen und gar nichts sagen."

„Entschuldige, aber ich habe außer ein paar Cornetti mit Michele vorhin noch nichts gegessen."

„Ach, dein Freund weiß also auch schon alles, nur ich werde im Dunkeln gelassen."

„Nein, so ist das nicht. Er muss nur für mich etwas herausfinden."

„Na gut, aber dann erzählst du mir jetzt alles. Und du lässt nichts aus, versprochen?"

„Versprochen."

Und so berichtete er ihr ausführlich über alles, was er in den letzten Tagen in Venedig gesehen und erlebt hatte. Nur den Besuch im *Florian* mit Signorina Falcone ließ er wohlweislich aus. Auch wenn es nur Caffè, Gebäck und ein Gespräch war, auf ihre Eifersüchteleien hatte er keine Lust.

Als er seinen Bericht beendet hatte, starrte sie ihn noch eine Weile mit offenem Mund an, dann brach es aus ihr heraus.

„Robero! Was denkst du dir eigentlich? Was, wenn der Mörder noch in der Wohnung gewesen wäre? Du bist so unvorsichtig."

„Jetzt beruhige dich mal wieder. Ich war vorsichtig, als ich in die Wohnung bin", versuchte er sie zu beschwichtigen.

„Außerdem hatte ich meine Knarre dabei", log er.

Silvana wischte sich verschämt eine Träne aus dem Augenwinkel und atmete einmal kräftig durch.

„Ich habe immer fürchterliche Angst, wenn du solche Sachen machst."

„Ich weiß, cara, aber ich passe wirklich auf."

„Schon gut. Du glaubst also, dass der kleine Mann, den du gesehen hast, sowohl den Maler, als auch den Mann in Frankfurt umgebracht hat?"

„Ich selbst bin mir ziemlich sicher, aber ich hoffe, dass wir irgendwie an den Autopsie Bericht aus Venedig kommen. Dann könnte Dottore Lovati die Verletzungen vergleichen und wir hätten möglicherweise absolute Sicherheit in diesem Punkt."

„Wie willst du denn daran kommen?"

„Darum wird sich Lovati kümmern. Außerdem habe ich Paul das Foto von dem Mann geschickt. Er soll im Museum nachfragen, ob der Typ zur gleichen Zeit wie Osmers dort war. Wenn ja, wäre das noch ein schwerwiegendes Indiz."

Marek nahm sich noch etwas Käse und ein paar Oliven. Dann kramte er einige Fotos aus seiner Tasche und schob sie über den Tisch.

„Was ist das?"

„Das sind Aufkleber von Galerien. Sie befanden sich alle auf der Rückseite von gefälschten Expressionisten in Colleones Atelier. Könntest du etwas darüber in Erfahrung bringen?"

Silvana straffte sich und ihre Augen begannen zu leuchten. Sie hatte Fährte aufgenommen.

„Sicher könnte ich das, aber…"

„…du bekommst die Geschichte exklusiv, wie immer", ergänzte Marek.

„*Allora*."

Sie sah sich die Fotos nun genauer an.

„Einige davon scheinen schon recht alt zu sein. Du gehst davon aus, dass sie auch gefälscht sind?"

„Ja, genau wie diese Expertisen, die Cascone vorlegte, um die Echtheit seiner Bilder zu belegen."

„Dann werde ich morgen sofort noch einmal unser Archiv durchforsten und ein paar Beziehungen spielen lassen. Hoffentlich bekommen wir den Kerl dran."

Dass sie nun schon von dem Personalpronomen *wir* Gebrauch machte war für Marek das Zeichen, dass sie sich jetzt voll in ihrem Element befand und er freie Bahn für seine weiteren Aktivitäten hatte.

„Bist du fertig?"

„Ja danke, war sehr lecker."

Silvana räumte den Tisch ab und verstaute die Reste im Kühlschrank.

„Caffè?"

„Gerne. Glaubst du es ist möglich die Kunstwelt so hinters Licht zu führen?"

„Sicher, du siehst es doch. Ein bekannter Name auf einer Expertise, der Aufkleber einer bekannten Galerie und schon sind selbst sogenannte Fachleute überzeugt."

„Ich habe in dem Atelier noch etwas gefunden. Da lag ein Katalog mit den *ungemalten* Bildern von Nolde. Einige waren angekreuzt. Auch das Bild, um das es in Frankfurt ging."

„Das wäre ein Indiz dafür, dass Colleone es auch

gefälscht hat und er tatsächlich für Cascone arbeitete."

„Richtig. Ich muss unbedingt an diesen Cascone
herankommen."

„Und wie willst du das anstellen? Du hast doch
selbst gesagt, dass er bewacht wird."

„Mir wird schon etwas einfallen."

„Bleibst du hier?"

„Gerne. Hab ja morgen noch nichts vor."

„Komm, gehen wir rüber ins Wohnzimmer, da ist
es bequemer."

Bei einigen Gläschen Cognac diskutierten sie noch
eine Weile über diesen Fall und die Möglichkeit an
Cascone heranzukommen, verwarfen aber alles
schnell wieder und kamen letztendlich zu keinem
Ergebnis.

Silvana zog Marek mit ins Schlafzimmer, wo sie
kurz darauf eng umschlungen einschliefen.

11

Marek blinzelte in die Strahlen der Morgensonne, die durch die Schlitze der Fensterläden ins Zimmer fielen. Er rieb sich die Augen und tastete nach Silvana, doch das Bett neben ihm war leer. Er schob die Beine über die Bettkante, streckte sich ausgiebig und schlurfte in die Küche. Auf dem Tisch fand er einen Teller mit frischen Croissants und einen Zettel, auf dem Silvana ihm mitteilte, dass sie schon früh in die Redaktion gefahren sei. Die Caffettiera stand auch schon befüllt auf dem Herd, er musste ihn nur noch andrehen. Während er auf seinen Caffè wartete, steckte er sich eine Zigarette an und starrte aus dem Fenster. Das Wetter schien umzuschlagen, denn im Südosten zeigten sich erste Regenwolken, die langsam über die Adria heranzogen. Aber noch schien die Sonne von einem strahlend blauen Himmel.

Nachdem er gefrühstückt hatte, fuhr Marek zur Chiesa Madonna dell' Angelo. Dort setzte er sich auf eine Mauer, sah auf die leicht gekräuselte Wasserfläche hinaus und hing seinen Gedanken nach. Irgendwie musste er an Cascone herankommen, aber er wusste noch nicht wie.

Die dunklen Wolken über der Adria kamen bedrohlich näher und ein leichter Wind war aufgekommen. Erste Wolkenfetzen bedeckten schon die Sonne und es war merklich kühler geworden.

Marek steckte sich eine Zigarette an und beobachtete das bunte Treiben an den überfüllten Stränden.

„Warum nicht?", sagte er auf einmal zu sich selbst und ein zufriedenes Grinsen zeigte sich in seinem Gesicht.

Er warf seine Kippe ins Wasser und machte sich auf den Heimweg. Eine halbe Stunde später saß er an seinem Schreibtisch und begann seinen Plan auszuarbeiten. Umsetzen konnte er ihn ohnehin erst, wenn er alle Informationen zusammen hatte, auf die er noch wartete.

***

Marek hatte sich schnell einen Teller Pasta mit Brokkoli zubereitet. Gerade als er sich eine Gabel voll in den Mund stopfte, rief Ghetti an.

„Was gibt's?", nuschelte er kauend.

„*Buon appetito*. Ich wollte dir nur Bescheid geben, dass wir deinen mutmaßlichen Mörder identifiziert haben."

Marek legte die Gabel beiseite.

„Super! Wer ist er?"

„Der Kerl heißt Mattia Caiazzo, genannt *il topo*."

„Die Ratte, das passt zu ihm."

„Er stammt aus Casoria…"

„Wo ist das denn?", unterbrach ihn Marek.

„Das ist im Großraum Neapel. Er hatte als Kind schon eine Strafakte wie ein Versandhauskatalog, aber nur Kleinkram. Später wurde ihm eine Verbindung zur Mafia nachgesagt. Es gab mehrere Festnahmen wegen Mordverdacht, aber es kam nie zu einer Verurteilung."

„Feines Früchtchen. Das passt doch. Hast du sonst noch etwas in Erfahrung bringen können?"

„Ja, der Pfarrer von San Giacomo dall' Orio hat die Leiche von Colleone gefunden. Er hatte sich gewundert, dass er nicht zur Arbeit erschienen war und auch nicht ans Telefon ging. Also wollte er ihn aufsuchen und fand ihn so vor, wie du es beschrieben hattest. Er informierte zwar die Kollegen, daher weiß ich das alles, aber die Ermittlungen hat die Polizia di Stato übernommen."

„Haben deine Kollegen etwas Brauchbares gefunden?"

„Man hat wohl DNA Spuren gefunden, die für eine Bestimmung ausreichen könnten."

„Prima, dann hätten wir ihn. Hast du schon mit Lovati gesprochen?"

„Ja, er kümmert sich darum."

„Wir kommen weiter. Danke dir."

Gut gelaunt aß Marek seine mittlerweile lauwarmen Nudeln, steckte sich dann eine Zigarette an und sah aus dem Fenster. Die Sonne war nun ganz verschwunden und ein böiger Wind blähte die Vorhänge auf. Leichter Nieselregen hatte eingesetzt.

Etwas später saß er wieder an seinem Schreibtisch und feilte an seinem Plan, als die erwartete Mail von Doc Stängl eintraf. Sofort griff er nach dem Telefon und rief Dottore Lovati an.

„Ciao Dottore. Michele hat Sie schon vorgewarnt?"

„Ja, hat er. Klingt ja alles sehr spannend."

„Ich habe gerade den Obduktionsbericht von dem Toten aus Frankfurt bekommen. Kann ich den gleich an Sie weiterleiten?"

„Nur her damit. Ich freue mich wieder etwas für Sie tun zu können, Commissario."

„Danke Dottore. Haben Sie denn die Möglichkeit an den Bericht aus Venedig zu kommen?"

„Ist schon in Arbeit. Ein Studienkollege hat die Obduktion durchgeführt."

„Super! Ciao Dottore."

***

Später am Nachmittag saß Marek in der Küche, trank einen Caffè, rauchte eine Zigarette und sah auf die Straße hinaus. Der Regen hatte eine Pause eingelegt, aber schwere Wolkenberge türmten sich nun auch über dem Festland und kündigten weitere Schauer an.

Sein Plan stand nun und wartete darauf umgesetzt zu werden. Er war riskant, sollte aber funktionieren, wenn alle Rädchen griffen. In den nächsten beiden Tagen wollte er ihn in die Tat umsetzen, vorausgesetzt, er erhielt noch die restlichen Informationen.

Das Telefon läutete im Arbeitszimmer. Es war Silvana, die aufgeregt loslegte.

„Du hattest den richtigen Riecher, zumindest teilweise."

„Mit was und wieso teilweise?"

„Recht hattest du mit den Aufklebern der Galerien. Einige dieser Galerien sind reine Erfindungen. Die gab es nie. Da hat anscheinend schon die Nennung einer prominenten Adresse gereicht. Andere hatten einmal einen Namen in der Kunstwelt, sind aber sind nicht mehr existent. Die Expertisen allerdings stammen von durchaus renommierten Fachleuten."

„Und gibt es bei denen irgendwelche Ungereimtheiten? Wurden sie erpresst oder gekauft?"

„Das, mein Lieber, müsst ihr herausfinden. Bekannt ist jedenfalls nichts Derartiges."

„Kannst du mir die Namen geben?"

„Dottore Enrico Borsi aus Florenz, Professor Walther Mühlenbauer aus München und Ernst Gutendorff aus Hamburg."

„Danke cara. Sehen wir uns heute Abend?"

„Um acht bei Rosa?"

„Gerne, bis dann."

Marek überlegte einen Moment, dann rief er seinen Freund Paul in Frankfurt an.

„Hallo Paul. Ich glaube, wir können den Fall bald abschließen. Ich brauche nur noch ein paar Informationen. Du kennst doch sicher noch einige Kollegen vom Betrug, oder?"

„Ja, aber was hast du jetzt schon wieder vor?"

„Ich gebe dir mal zwei Namen von Kunstsachverständigen. Ich müsste so viel wie möglich über die beiden erfahren. Auch den finanziellen Hintergrund und auffällige Kontobewegungen. Das müsste doch zu machen sein."

„Wie stellst du dir das vor, so ohne richterliche Genehmigung?"

„Sag den Kollegen, wenn ich recht habe, bekommen sie die beiden wegen Betrug und Steuerhinterziehung am Arsch. Dann können sie das Material ganz offiziell verpacken."

„Na gut", seufzte Paul, „dann gib mir halt die

Namen."

„Professor Walther Mühlenbauer aus München und Ernst Gutendorff aus Hamburg."

„Ich sehe zu, was ich machen kann."

„Danke Paul, bis dann."

Anschließend rief er Ghetti an.

„Ciao Michele, du musst alles über einen Dottore Enrico Borsi aus Florenz herausfinden."

„Wer ist denn das schon wieder?"

„Den hat Silvana ausgegraben. Das ist einer der Sachverständigen, die Cascone die Expertisen ausgestellt haben. Du könntest mal bei der Guardia di Finanza anfragen, ob die eventuell mal seine finanzielle Seite überprüfen könnten. Wenn etwas dran ist, können sie ihn gerne haben."

„Unter diesem Aspekt dürfte das möglich sein. Ich versuch's."

„Danke. Hast du schon etwas vom Labor?"

„Roberto, es ist Freitagnachmittag, Wochenende, da ist niemand mehr…"

***

Am Abend fuhr Marek in die Altstadt. Der Himmel hatte seine Schleusen geöffnet und es schüttete wie aus Kübeln. Die Scheibenwischer des alten Lada konnten die Wassermassen kaum noch bewältigen.

„Wie bei meiner Ente", dachte er wehmütig an

seinen alten 2CV zurück.

Auf den wenigen Metern vom Parkplatz zur Trattoria wurde er völlig durchweicht. Silvana saß schon auf ihrem Stammplatz.

„Hast du keinen Schirm?", lachte sie.

„Noch nie einen besessen."

„Du siehst aus wie eine Katze, die man ins Wasser geworfen hat."

„Ha, ha. Danke für dein Mitgefühl."

Da kam auch schon Rosa herbeigeeilt und stellte ihm einen Grappa hin.

„Damit du dich nicht erkältest."

„Danke Rosa, du bist ein Schatz."

„Was möchtet ihr essen?"

„Ich glaube, wir nehmen zuerst einen *antipasto misto* und danach…"

„…wie wäre es mit o*rata brasata e capesante in padella*?"

„Wunderbar und dazu einen Soave."

Während des Essens brachte Marek Silvana auf den neuesten Stand.

„Jetzt muss ich nur noch die restlichen Ergebnisse abwarten und wenn die so sind, wie ich vermute, dann haben wir sie."

„Nichts habt ihr dann", entgegnete Silvana, „du kannst nichts machen und Michele ist da nicht zuständig. Außerdem weißt du ja nicht, ob der Kerl nicht auch schon die venezianische Justiz gekauft hat."

„Da hast du recht, aber wenn ich die restlichen Informationen zusammen habe, werde ich diesem Cascone einen Besuch abstatten."

„Du willst ernsthaft in das Haus von diesem Mafiosi? Bist du verrückt?"

„Ich habe einen Plan. Wenn der funktioniert, haben wir ihn und seinen Killer."

„Und wenn er nicht funktioniert?"

„Habe ich Plan B", lachte Marek und erklärte Silvana bei Caffè und Grappa ausführlich was er vorhatte.

„Klingt schlüssig", meinte sie danach etwas beruhigter, „und wann willst du dahin?"

„Übermorgen. Bis dahin dürfte ich alle Infos haben, die ich noch brauche."

„Das kannst du vergessen."

„Und wieso?"

„Das Wetter soll vorerst so bleiben."

„Das bisschen Regen hält mich nicht auf."

„Aber für Venedig gibt es die nächsten Tage eine *Acqua alta* Warnung."

„Oh, ich dachte die hätten nun dieses Moses Ding, was das verhindern soll."

„Du meinst das MO.S.E.-Projekt, aber das ist immer noch nicht fertig und niemand weiß, wie es dort weiter geht."

„Wieso das denn? Du hast mir doch vor etwa zwei Jahren erzählt, dass der Bau schon weit fortgeschritten wäre."

„War er ja auch, aber hast du nichts darüber gelesen? Kurz darauf wurde ein Korruptionsskandal aufgedeckt. Angeblich wurden eine Milliarde Euro veruntreut. Der Bürgermeister von Venedig und über dreißig andere Politiker wurden wegen Geldwäsche, Veruntreuung und Erpressung im Amt verhaftet. Später wurde auch noch der Regionspräsident von Venetien festgenommen, nachdem das Parlament seine Immunität als Senator aufgehoben hatte. Nach neuesten Schätzungen soll die Inbetriebnahme erst Ende nächsten Jahres sein und selbst das ist noch nicht sicher."

„Ich glaube es ja nicht. Da haben die doch tatsächlich dieses Milliardenprojekt im wahrsten Sinne des Wortes in den Sand gesetzt. Na ja, dann nehme ich mir halt ein Paar Gummistiefel mit. Das letzte Mal war ja nur die Piazza überschwemmt."

„Ich bin müde, wollen wir gehen?"

Marek beglich die Rechnung. Draußen regnete es immer noch und sie beeilten sich zu seinem Wagen zu kommen.

„Gehen die Scheibenwischer noch langsamer?", lästerte Silvana.

„Noch einen Ton und du kannst laufen."

Glücklicherweise war vor ihrem Haus noch ein Parkplatz frei.

Sie schloss die Wohnungstüre auf, schnickte die Schuhe von den Füßen und ging ins Bad um sich abzutrocknen. Marek warf sie ein Handtuch zu.

Sie genehmigten sich noch einen Vecchia Romagna und gingen dann zu Bett.

***

Als Marek am nächsten Morgen erwachte, war Silvana schon weg. In der Küche fand er einen Teller mit einem Cornetto. Davor lag ein Zettel.

„Tut mir leid. War nur noch eins mit Schokocreme da. Bin schon in der Redaktion. *Baci*."

„Vanillecreme wäre zwar besser, aber Schoko tut es auch", dachte Marek und setzte Caffè auf.

Nach dem kurzen Frühstück rauchte er noch eine Zigarette, dann verließ er das Haus.

Da wieder einmal Ebbe in seinem Kühlschrank war, fuhr Marek erst einmal zum Supermarkt in der Via dei Calamari und weil er den Köstlichkeiten dort nicht widerstehen konnte, wurde sein Einkauf wesentlich umfangreicher, als geplant.

Als er seine Einkäufe verstaut hatte und losfahren wollte, klingelte sein Handy. Er schaltete den Motor wieder aus und kramte das Telefon aus der Tasche. Es war Ghetti.

„Ciao Michele, was gibt's?"

„Ich habe doch noch jemanden vom Labor erreicht und gerade den Befund bekommen. Diese Zettel von den Galerien wurden künstlich gealtert. Im Bericht steht, sie wären mit Tee und Asche behandelt worden. In der Papieranalyse hat man aber auch Weißmacher gefunden, die es damals, also vor dem Krieg, noch nicht gab."

„Auf was die alles kommen", staunte Marek.

„Noch etwas. Ich sollte doch diesen Dottore Enrico Borsi überprüfen lassen. Deine Vermutung stimmt wohl. Er hat sich finanziell mit dem Kauf von Gemälden verhoben und steckte tief in der Kreide. Bis er zwei Zahlungen von Cascone erhielt. Die letzte davon passt zeitlich mit dem Skandal im Palazzo Grassi zusammen. Die Guardia di Finanza hat schon Haftbefehl beantragt."

„Das sind ja mal gute Nachrichten. Die Schlinge zieht sich zu. Danke Michele."

***

Als Marek später an seinem Schreibtisch saß und die neuesten Erkenntnisse notierte, rief Dottore Lovati an.

„Ciao Commissario. Also zuerst einmal Kompliment an Ihren Freund. Ich habe selten einen so guten Bericht gesehen. Wenn der Mann eine Veränderung sucht, bei uns ist er jederzeit willkommen."

„Ich werde es ihm ausrichten, Dottore."

„So, nun zu dem, was Sie interessieren dürfte. Die Stichverletzungen stammen eindeutig von identischen Klingen. Tiefe, Stichkanal und Wundränder sind bei beiden Opfern gleich. Ob es nun die gleiche Waffe war, kann ich nicht sagen, nur dass sie identisch sind. Ich persönlich würde davon ausgehen, aber nageln Sie mich nicht darauf fest. Ich denke nur, da beide Verletzungen sogar zu fast einhundert Prozent gleich sind, handelt es sich aller Voraussicht nach um den gleichen Täter."

„Haben Sie vielen Dank, Dottore. Sie haben uns wieder einmal sehr geholfen."

„Gerne Commissario. Ich hoffe, sie schnappen das Schwein."

Jetzt benötigte er nur noch die Auskünfte über die beiden anderen Sachverständigen. Obwohl er sich fast denken konnte, was dabei herauskam, rief er Paul an.

„Du lässt einem wirklich keine Zeit zum Luft holen", klagte sein Freund, „erstens ist Wochenende und zweitens habe ich trotzdem gerade die Ergebnisse bekommen und hätte dich gleich angerufen."

„Tut mir leid Paul, aber es brennt."

„Das tut es bei dir immer. Also in Kurzform. Sowohl Mühlenbauer als auch Gutendorff steckten bis zum Hals in finanziellen Schwierigkeiten. Beide erhielten vor vier Wochen eine große Summe von einer italienischen Bank überwiesen. Mehr konnten die Kollegen ohne richterlichen Beschluss nicht herausfinden."

„Aber wir können uns ja denken, wer der edle Spender war. Du kannst das an die Kollegen weitergeben. Ach so, ich hatte dir doch ein Foto geschickt. Hat der Kurator den Mann erkannt?"

„Ja, hat er. Der Mann war im Auftrag von diesem Cascone beim Aufbau der Ausstellung im Städel anwesend."

„Dann beantragt einen internationalen Haftbefehl für Mattia Caiazzo. Er ist der Mörder von Jan Osmers. Danke Paul."

Jetzt hatte er alles beisammen und er konnte seinen Plan in die Tat umsetzen.

Am Abend kam Ghetti vorbei. Marek teilte ihm die neuesten Erkenntnisse mit und besprach noch einmal die Details seines Vorhabens.

Am nächsten Morgen konnte es losgehen.

12

Als Marek am nächsten Morgen seine Wohnung verließ regnete es immer noch in Strömen. Dazu blies ein kräftiger, warmer Wind aus Süden. Auf den Straßen stand das Wasser Zentimeter hoch, da die Kanalisation die Wassermassen so schnell nicht mehr aufnehmen konnte.

Damit er keine nassen Füße bekam, falls es tatsächlich *Acqua alta* in Venedig gab, hatte er sich zwei Plastiktüten und etwas Kordel eingepackt. Die Tüten könnte er notfalls über die Schuhe binden.

Auf dem Vaporetto war er fast alleine und unterwegs stieg auch niemand mehr zu. Bei diesem Wetter auch kein Wunder.

„Die Piazza San Marco steht schon einen halben Meter unter Wasser", hatte ihm der Bootsführer zugerufen, „sehr ungewöhnlich für diese Jahreszeit. Ist wegen dem scheiß Scirocco."

„Und wie ist es da wo wir anlegen?"

„Da geht's noch, aber selbst im Norden der Stadt mussten schon die Stege aufgebaut werden. Wenn das so weitergeht säuft die ganze Stadt ab."

Beim Anlegen knallte das Vaporetto heftig gegen den durch die Flut schaukelnden Steg.

„Wir werden den Betrieb bald einstellen müssen", rief ihm der Bootsführer hinterher.

Das Wasser stand schon eine Handbreit unter der Kante zur Fondamente Nove und an einigen Stellen drückte es bereits von unten durch die Gehwegplatten.

Nachdem Marek mit dem Traghetto nach San Polo übergesetzt hatte, musste er sich schon seine Plastiktüten umbinden. Hier stand das Wasser bereits Zentimeter hoch in den Gassen und auf den Plätzen. Die Geschäfte und Bars waren geschlossen und die Inhaber hatten schon Barrieren aus Sandsäcken oder Brettern vor ihren Läden errichtet. Und das Wasser stieg weiter.

**

Marek drückte auf den Klingelknopf. Während er wartete konnte er förmlich spüren, wie er über die Kamera beobachtet und eingeschätzt wurde. Er versuchte einen unbefangenen und lässigen Eindruck zu vermitteln, auch wenn seine Nerven angespannt waren. Nach einer gefühlten Ewigkeit wurde die Tür einen Spalt geöffnet.

„Was wünschen Sie?", fragte Luigi Spadafora, Cascones Leibwächter.

„*Buon giorno*. Ich würde gerne Signor Cascone sprechen, falls es möglich ist.

148

„In welcher Angelegenheit?"

Irgendwer musste diesem Muskelpaket Manieren beigebracht haben.

„Nun, ich bin ein Kunstliebhaber und habe von Signor Cascones einzigartiger Sammlung gehört. Ich würde sie mir sehr gerne ansehen. Nur falls Signor Cascone nichts dagegen einzuwenden hat."

„Er ist sehr beschäftigt."

„Sehen Sie, ich bin extra aus Lugano angereist."

Diese Lüge hatte sich Marek zurechtgelegt, damit man aus seinem Akzent keine falschen Schlüsse ziehen konnte und als angeblicher Tessiner hoffte er keinen Verdacht zu erwecken.

„Einen Moment bitte, ich frage nach. Wie war doch Ihr Name, bitte?"

„Bernasconi, Marco Bernasconi."

Spadafora verschwand und ließ ihn draußen stehen. Das Wasser floss mittlerweile als kleines Rinnsal durch die schmale Gasse. Bald würde es die Tür zum Palazzo erreicht haben.

Nach einigen Minuten öffnete sich die Tür erneut und diesmal nicht nur einen Spalt.

„Signor Cascone erwartet Sie. Gehen Sie bitte vor."

Er trat ein und entledigte sich zuerst der Tüten an seinen Füßen. Nach zwei Schritten piepste es und eine rote Lampe blinkte in der linken Wand. Spadafora blieb sofort stehen und hatte die Hand in seinem Jackett.

„Haben Sie etwas Metallisches einstecken?"

„Ja, meine Autoschlüssel", entgegnete Marek und versuchte überrascht auszusehen. Dabei hatte er mit dieser Art Sicherheitssystem gerechnet und seine Waffe wohlweißlich zuhause gelassen.

„Würden Sie mir bitte die Schlüssel geben und nochmals durchgehen."

Er tat wie ihm geheißen und diesmal blieb das Piepsen aus. Spadafora zog eine kleine Fernbedienung aus der Tasche und schaltete den Metalldetektor aus.

„Folgen Sie mir bitte."

Über eine breite, geschwungene und kunstvoll verzierte Treppe aus rosa Marmor, erreichten sie das zweite Obergeschoss. Vor einer geschnitzten, mindestens drei Meter hohen Flügeltüre blieb Spadafora stehen und klopfte an.

„*Avanti!*"

„Signor Bernasconi."

„Danke Luigi. Du kannst uns nun alleine lassen."

Spadafora ließ Marek eintreten und schloss die Tür von außen. Cascone stand in der Ecke eines großen Raums, der mit wundervollen Barockmöbeln ausgestattet war und betrachtet ein Gemälde auf einer Staffelei.

„Was sagen Sie dazu, Signor Bernasconi?"

Marek trat näher und betrachtete das Bild.

„Wenn ich es nicht besser wüsste, würde ich sagen ein Paul Klee, aber der hängt bei uns in Basel."

„Sehr gut. Sie haben recht. Es ist eine perfekte Fälschung."

Es kam ihm vor, als würde er einer Prüfung unterzogen.

„Aber wie kommt ein Sammler mit Ihrer Reputation an eine Fälschung?", tat Marek bestürzt.

Cascone drehte sich zu ihm um und blickte ihn mit kalten Augen an.

„Ganz einfach. Da ich das Original nicht haben kann, noch nicht haben kann, ließ ich mir diese Kopie anfertigen. Aber ich stehe in Verhandlungen und letztlich bekomme ich immer, was ich möchte."

„Sie ist gelungen. Das muss ein großer Künstler sein, der dieses Bild kopierte."

„Kommen wir zur Sache", ignorierte Cascone Mareks Bemerkung und sein Gesicht zeigte plötzlich den Anflug eines Lächelns. „Sie interessieren sich für meine Sammlung? Wie kommen Sie ausgerechnet auf mich, wenn ich fragen darf?"

„Nun, ich war vor ein paar Tagen in Frankfurt

und habe mir die Nolde Retrospektive angesehen. Dabei fiel mir ein Bild auf, eins der *ungemalten* Bilder, was offensichtlich doch in einem anderen Format existiert. Eine kleine Sensation. Ich habe den Kurator gefragt und der gab mir Ihren Namen."

„Was er eigentlich nicht hätte tun dürfen. Ja, *Gaut der Rote*, aber ich habe noch mehr Schätze, die ich Ihnen gerne zeigen möchte, da Sie schon einmal hier sind. Ich habe nicht so viel Besuch. Darf ich bitten?"

Cascone führte Marek auf die andere Seite des Flurs. Vor einer großen Stahltür blieb er stehen und machte sich an einem Code-Schloss zu schaffen. Ein leichtes Knacken und ein grünes Lämpchen über der Tür zeigten an, dass sie entriegelt war. Mareks Anspannung wuchs.

„Bitte, Signor Bernasconi."

Sie betraten einen großen Raum, der einer Ausstellungshalle in einem Museum in nichts nachstand. Die Wände waren in einem dunklen Braunton gestrichen. Im Kontrast dazu der Boden aus weißem Marmor. In der Mitte des Raums standen mehrere Sockel, auf denen Skulpturen moderner Meister unter Panzerglas ausgestellt waren und an den Wänden hingen duzende Werke des Expressionismus.

„Wenn die alle echt sind, hängen hier mindestens fünfzig Millionen Euro an der Wand", dachte Marek staunend.

„Sehen Sie, dies ist die *Dorfstraße* von Karl Schmidt-Rottluff aus dem Jahre 1913."

Cascones Stimme nahm einen weichen, schwärmerischen Ton an. Er wirkte irgendwie entrückt in eine andere Welt.

„Dies hier ist das *Bildnis Carl Sternheim* von Ernst Ludwig Kirchner aus dem Jahr 1915 und das ist *Meer in Mondschein* von dem großen Emil Nolde aus dem Jahr 1919."

„Entschuldigen Sie, aber dieses Bild zumindest gilt doch seit 1945 als verschollen. Woher haben Sie es, wenn ich fragen darf?"

„Aus Privatbesitz gekauft. Fast alle Bilder, die Sie hier sehen, galten als verschollen. Ich habe sie aufgespürt und gekauft. Details kann ich Ihnen natürlich nicht nennen, wie Sie verstehen werden."

„Ich bin begeistert, Signor Cascone. Dann kann man Sie nur beglückwünschen."

„Danke."

Cascone sah Marek freundlich lächelnd an und ging zum nächsten Bild. Hier drückte er auf einen Knopf, der in der Wand eingelassen war und eine Veränderung ging mit ihm vor. Sein Gesicht nahm urplötzlich einen harten Ausdruck an.

„So, die Führung ist beendet, Signor Marek. Das

ist doch Ihr richtiger Name, oder? Es hat mich gefreut einem Kenner meine Schätze zu zeigen, aber nun ist es vorbei."

Mareks Herz schlug schneller. Er hatte nicht damit gerechnet, dass Cascone ihn auffliegen lassen könnte. Zumindest nicht so schnell.

Die Stahltür öffnete sich und Spadafora kam herein. Seine Pistole hatte er auf Marek gerichtet.

„Aber woher…?"

„Glauben Sie wir sind dumm? Mein Bootsführer hat Sie wiedererkannt. Sehen Sie, Touristen kommen und gehen in dieser Stadt. Sie sind wie kleine Insekten. Sie krabbeln überall herum und fliegen dann wieder weg. Sie aber sind nicht weggeflogen. Sie saßen an mindestens zwei Tagen drüben am Campiello und haben mein Haus beobachtet. Dachten Sie wir merken das nicht, nur weil Sie ab und zu den Platz gewechselt haben? Wir fotografierten Sie, gaben das Bild in unsere Datenbank ein und Bingo. Der große Commissario Marek, der Anfang des Jahres ein paar meiner ehemaligen Geschäftspartner das Geschäft vermasselt hatte."

Er gab Spadafora mit dem Kopf ein Zeichen.

„Kommen Sie."

„Einen Moment noch. Wenn wir schon dabei sind. Wieso musste Colleone sterben?"

Ein kaltes Lächeln zeigte sich in Cascones Gesicht.

„Weil Sie ihn besucht haben."

„Das wussten Sie auch? Mir ist doch keiner gefolgt. Ich habe zumindest niemanden gesehen."

Cascone breitete die Arme aus.

„Sehen Sie Venedig ist meine Stadt, mein Wohnzimmer. Hier erfahre ich alles."

„…und nur weil ich ihn besuchte, ließen Sie ihn umbringen?"

„Ich wusste nicht, ob er den Mund hält, oder was Sie dort zu sehen bekamen. Er war zu riskant geworden. Und nun, arrivederci Commissario."

Spadafora drückte ihm die Waffe in den Rücken.

„Los jetzt und keine Dummheiten."

Die Situation ließ keinen Widerstand zu. Sie gingen die Treppe hinunter und Marek sah in einer Wendung aus dem Augenwinkel, dass sein Begleiter genügend Abstand hielt, um nicht von einem plötzlichen Angriff überrascht zu werden, aber immer noch nahe genug hinter ihm war, um notfalls einen gezielten Schuss abgeben zu können. Ein Vollprofi. Also hatte er diesbezüglich keine Chance.

Von weitem sah Marek, dass sich hinter der Eingangstür bereits eine kleine Pfütze gebildet hatte. Aber das interessierte Spadafora nicht. Er zwang ihn eine weitere, kurze Treppe nach unten. Vor einer massiven Stahltür stand ein Mann mittleren Alters mit einem buschigen Schnauzbart und sonnengegerbten Gesicht. Er trug eine Wathose mit integrierten Gummistiefeln, wie Angler sie tragen.

„Leg ihm die Handschellen an, Guido."

Mareks Arme wurden nach hinten gerissen und er spürte, wie sich das Metall um seine Handgelenke schloss. Dann holte der Mann, der Guido genannt wurde, einen großen Schlüssel aus der Tasche, der mit seinem doppelten Bart wie ein Tresorschlüssel aussah und steckte ihn in das Türschloss. Bei jeder Drehung hörte man wie im Inneren ein Stahlriegel nach dem anderen zurückgeschoben wurde. Dann drückte er einen Hebel nach unten und zog die schwere Tür auf. Ein paar Stufen führten hinunter in die Bootsgarage, die aber schon bis zur obersten vom Hochwasser umspült waren.

„Los!", brummte der Mann und stieß Marek hinunter auf den Holzsteg. Ihm reichte das Wasser nun bis zur Hüfte.

„Da rüber."

Der Mann bugsierte ihn nach links an die Rückwand der Bootsgarage und blieb dabei immer aus der Schusslinie von Spadafora. Auf diese Weise und mit gefesselten Händen konnte Marek nichts ausrichten, geschweige denn, einen Fluchtversuch unternehmen. Einzige Möglichkeit wäre, ins Wasser zu springen und unter dem Tor hindurch in den Kanal zu tauchen. Aber das waren gut fünfzehn Meter, mit auf dem Rücken gefesselten Händen. Er war kein besonders guter Schwimmer und bis dahin hätte man ihn wahrscheinlich erschossen oder er wäre jämmerlich ertrunken. Schließlich war er ja nicht James Bond.

Der Mann schloss ihm ein Handgelenk auf. Dabei stand er wieder so, dass Spadafora freies Schussfeld hatte.

„Runter!"

Marek musste sich hocken und der Mann befestigte die Handschelle an einem verrosteten Metallring an der Wand, wo sonst die Boote vertäut wurden. Das Wasser ging ihm nun bis zur Brust und er konnte den üblen Geruch der grünbraunen Brühe wahrnehmen. Und es stieg offenbar stetig weiter. Sein Herzschlag ging schneller und er hatte Beklemmungszustände.

„Ciao Commissario", rief Spadafora ihm zu, dann verließ er mit dem Mann namens Guido die Garage und die Stahltür wurde geschlossen.

Marek hörte noch wie die Riegel einrasteten, dann war er alleine und außer dem Plätschern und Gluckern des Wassers war nichts mehr zu hören.

***

Ghetti und Silvana warteten in Punta Sabbioni auf das Boot der Kollegen aus Venedig was in diesem Moment am Horizont erschien und schnell näher kam.

„Buon giorno, Maresciallo und wer ist das?", fragte der Bootsführer überrascht, als er Silvana sah.

„Das ist Signorina Rafaeli. Sie ist die Lebensgefährtin des Commissario und schreibt für den Gazzettino."

„Dann steigen Sie ein. Die Kollegen haben die Gegend bereits komplett abgeriegelt, aber das Hochwasser macht uns zu schaffen. Es hat jetzt auch die höher gelegenen Stadtteile erreicht. So etwas habe seit Jahrzehnten nicht mehr erlebt."

Das Boot raste mit hoher Geschwindigkeit durch die aufgewühlte Lagune und der Bug klatsche dabei rhythmisch auf die Wasseroberfläche.

„Wer leitet die Operation?"

„Capitano Manfredi. Ein guter Mann."

Dort wo der Rio di San Agostino in den Rio San Polo mündete, bogen sie nach rechts ab, wendeten und befestigten das Boot an einem Poller knapp außerhalb der Sichtweite zu Cascones Palazzo.

„Capitano, hier Boot einhundertdrei. Maresciallo Ghetti aus Caorle ist jetzt bei mir."

„Gut. Warten Sie auf weitere Befehle."

„*Si, Capitano.*"

„Und nun? Was machen wir jetzt?", fragte Ghetti.

„Sie haben doch gehört, wir warten."

„Lassen Sie uns bitte dort hinten aussteigen. Ich muss näher ran."

Der Bootsführer setzte widerwillig ein Stück zurück, damit Ghetti und Silvana am Ende einer kleinen Calle aussteigen konnten. Dann bezog er wieder seine Position, während die beiden vor zum Campiello Chiesa schlichen, wo mehrere Carabinieri schon bereit standen.

„Wo ist Capitano Manfredi?", fragte Ghetti einen Brigadiere.

„Der ist drüben in der Calle vor dem Haus."

***

Mattia Caiazzo klopfte aufgeregt an der Tür zu Cascones Büro.

„Was ist denn?"

„Signor Cascone, ich glaube, die Bullen haben es auf uns abgesehen."

„Wie kommst du denn darauf. Dieser Marek war doch alleine."

„Ich habe gerade beobachtet, wie ein Polizeiboot da vorne in den Rio San Polo abgebogen ist. Da fahren die sonst nie Streife. Ist viel zu eng. Daraufhin hab ich mir die Kamerabilder angesehen. Die vom Eingang. Am Rand konnte ich auch einen in Uniform erkennen. Was sollen wir tun?"

„Carabinieri?"

„Ich glaube schon."

„Was haben die denn hier verloren? Ich hatte doch eine Vereinbarung. Was ist mit dem Commissario?"

„Der säuft langsam ab."

„Na gut. Du und Luigi lasst euch von Guido nach Chioggia bringen. Nehmt das Boot aus der zweiten Garage. Bis die Bullen wissen was geschieht, habt ihr einen Vorsprung. Luigi weiß wo ihr hin müsst. Dort wartet ihr, bis ihr was von mir oder dem Avvocato hört."

„Und Sie?"

„Das lass meine Sorge sein und nun verschwindet und lasst euch nicht erwischen."

Nachdem Caiazzo gegangen war, sah sich Cascone noch einmal in seinem Büro um. Dann stieg er die Treppe nach oben. Die Tür ließ er einfach achtlos offen.

***

Ghetti spähte um die Ecke. Er hatte seine Mütze abgesetzt, damit er nicht auffiel, falls drüben im Haus jemand am Fenster stehen sollte. Plötzlich sah er, wie sich die Tore der rechten Bootsgarage langsam öffneten. Dann glitt ein Boot heraus auf dem sich drei Männer befanden. Einen davon konnte er zweifelsfrei als Luigi Spadafora identifizieren.

„Die hauen ab", rief er den Kollegen zu und riss dem Brigadiere hinter ihm das Funkgerät aus der Hand.

„Capitano, hier Maresciallo Ghetti. Drei Personen fliehen mit einem Boot. Einer davon ist Spadafora. Sie müssen sie aufhalten."

„Danke Ghetti, ich sage dem Bootsführer Bescheid."

Silvana hatte die Konversation mitgehört, hatte sofort ihre Kamera aus ihrer riesigen Umhängetasche gekramt und war nach vorne auf den Campiello gerannt, um alles im Bild festzuhalten.

In diesem Moment raste das Boot schon mit hoher Geschwindigkeit an ihnen vorbei in den Rio San Polo zum Canal Grande. Kurz darauf folgte ihm das Polizeiboot.

„Was machen wir nun, Capitano?"

„Wir warten, was geschieht."

„Bei allem Respekt Capitano, aber Commissario Marek ist noch da drin. Er ist wahrscheinlich in Lebensgefahr."

„Das können Sie nicht wissen. Wir können nicht

einfach bei einer so bedeutenden Persönlichkeit eindringen."

„Doch, ich komme jetzt rüber."

Ghetti gab dem verdutzten Brigadiere das Funkgerät zurück, gab Silvana ein Zeichen und stürmte los, mit ihr im Schlepptau.

***

„Capitano, sie sind jetzt an der Giudecca vorbei und fahren nach Süden. Ich habe Verstärkung angefordert."

„Gut, sie dürfen euch nicht entkommen."

Cascones Boot raste mit hoher Geschwindigkeit vorbei am Lido in Richtung Pellestrina. Das Polizeiboot hatte Schwierigkeiten zu folgen.

Auf der Höhe von San Pietro in Volta sah der Bootsführer endlich die ersehnte Verstärkung der Kollegen aus Chioggia und ein Boot der Guardia Costiera, der Küstenwache. Aber auch Cascones Männer sahen das und drehten plötzlich in Richtung Fusina ab. Doch von dort kam ihnen ein Boot der Comando Stazione auf Giudecca entgegen. Sie drehten erneut ab und versuchten durchzubrechen.

Nach mehreren vergeblichen Ausweichversuchen wurde Cascones Boot vor Pellestrina gestellt und eingekreist. Es gab kein Entkommen mehr. Hinter sich die Polizei und Küstenwache und vor sich die schmale, langgezogene Insel, gaben sie schließlich auf. Spadafora, Caiazzo und Guido Nerone wurden festgenommen und in die Caserma der Carabinieri nach Castello gebracht.

***

Marek wurde langsam panisch. Das Wasser war weiter angestiegen und stand ihm mittlerweile fast bis zum Hals. Er hatte versucht aufzustehen, was aber nicht ging, da der Ring an dem er angekettet war zu tief lag. Wenn die Brühe weiter in diesem Tempo anstieg, würde er in spätestens einer Stunde ertrinken.

Irgendwo hatte er einmal von einem Bergsteiger gelesen, dessen linker Arm sich in einer Felsspalte eingeklemmt hatte und der nicht mehr in der Lage war sich zu befreien. Als nach zwei Tagen noch keine Rettung in Sicht war, nahm er sein Messer und schnitt sich selbst die eingeklemmte Hand ab, um zu überleben. Aber er hatte hier kein Messer dabei und dann war es noch die Überlegung, was nun schlimmer ist. Ertrinken, oder sich die Hand abschneiden, ohnmächtig werden und dann verbluten und ertrinken. Schnell verwarf er diesen grässlichen Gedanken.

Das hatte er sich alles komplett anders vorgestellt. Er hatte Cascone völlig unterschätzt und das war nun das Resultat.

Plötzlich vernahm er leise Kratzgeräusche jenseits der Stahltür.

„Hallo, ist da jemand? Ich bin hier drin."

Wahrscheinlich würde ihn niemand hören können, aber zumindest versuchen musste er es. Was blieb ihm noch anderes übrig?

„Hallo, hallo, hört mich jemand?"

Plötzlich gab es einen ohrenbetäubenden Knall. Eine Staubwolke machte sich breit und kleine Steinbrocken flogen umher. Dann kippte die Stahltür ins Wasser. Als der Staub sich etwas verzogen hatte, sah Marek drei Carabinieri in der Öffnung stehen.

„Da ist er!", hörte er Ghetti rufen. „Roberto, bist du in Ordnung?"

„Ja, ihr habt euch aber Zeit gelassen. Ich dachte schon, ich müsste die Brühe hier saufen. Könnte mich vielleicht mal jemand losmachen?"

Ein Brigadiere sprang ins Wasser und watete auf ihn zu.

„Sie sind ja mit Handschellen gefesselt."

„Ja und? Wo ist das Problem?"

„Ich habe keinen Schlüssel dafür."

„Du hast doch selbst welche, dann hast du auch einen Schlüssel dafür."

„Nicht für dieses Modell."

„Dann nimm deine Pistole und schieß sie einfach

durch."

„Aber die wird ja dann nass", stammelte der junge Mann.

„Ich glaub's nicht", tobte Marek, „die wird auch wieder trocken. Gib her, ich mach es selbst."

Der Brigadiere gab ihm zögernd seine Dienstwaffe und er drückte den Lauf genau auf die Kette. Trotz des Widerstands im Wasser müsste der Druck reichen um die Kette zu zerschießen.

Ein dumpfer Knall war zu hören, dann konnte Marek seinen Arm wieder bewegen und aufstehen. Sofort watete er auf Ghetti zu und reichte ihm die Hand.

„Schön, wenn ein Plan funktioniert. Wenn auch mit Verspätung."

Niemals hätte er eingestanden, dass er Angst hatte, sein Plan würde nicht aufgehen und er ertrinken müsste.

Plötzlich erschien Silvana. Sie sah ihn mit großen Augen an. Tränen rannen ihr über das Gesicht und sie fiel ihm um den Hals.

„Roberto, Roberto", stammelte sie, was ihm sehr peinlich war.

„Habt ihr alle?", fragte er schnell, um aus dieser Verlegenheit herauszukommen.

„Drei Mann wollten sich mit dem Boot nach

Chioggia absetzen. Die haben wir. Die sind zur Vernehmung schon in der Caserma."

„Ist Cascone auch dabei?"

„Nein, leider nicht, aber Caiazzo und Spadafora."

„Auch gut. Mit dem Kleiderschrank werde ich mich mal persönlich unterhalten. Aber wo steckt das Oberarschloch?"

„Wir suchen noch nach ihm."

„Wenn er das Haus nicht verlassen hat, weiß ich wo er sein könnte."

„Das Haus konnte er nicht verlassen und im Boot war er nicht."

„Dann weiß ich wo er steckt. Kommt mit."

Marek stürmte die Treppe nach oben, gefolgt von Silvana, Ghetti und den anderen beiden Carabinieri. Dann schloss Capitano Manfredi zu ihnen auf.

Die schwere Tür im Obergeschoss stand einen Spalt weit offen. Aus dem großen Raum, in dem Cascone seine Schätze zur Schau stellte, drang die Arie der Violetta aus Verdis Oper La Traviata nach draußen. *Ah, fors'è lui che l'anima…*

Sie sahen sich fragend an, dann stieß Marek, der immer noch die Waffe des Brigadiere in der Hand hielt, die Türe auf.

Er konnte kaum glauben, was er dort sah. Cascone spazierte dort, die Hände auf dem Rücken verschränkt, zwischen seinen Skulpturen umher. Dann betrachtete er eines seiner Gemälde, um seinen Rundgang gleich wieder fortzusetzen.

Plötzlich drehte er sich um und ein Lächeln zeigte sich in seinem Gesicht.

„Ah, Commissario. Sie sind ja ganz nass. Wie geht es Ihnen? Wie ich sehe, sind Sie nicht alleine."

Marek hätte ihm liebend gerne sofort den Hals umgedreht, konnte sich aber gerade noch beherrschen. Der Mann, der ihn vor einer Stunde noch eiskalt hätte ertrinken lassen, tat nun so, als sei nichts gewesen.

„Sehen Sie Cascone, Sie sind doch nicht so schlau und allwissend, wie Sie glauben. Ich hatte vorgesorgt. Das war alles geplant."

Capitano Manfredi schob sich mit gezogener Waffe an Marek vorbei und baute sich vor Cascone auf.

„Signor Cascone, ich verhafte Sie wegen Anstiftung zum Mord, Mordversuchs, Urkundenfälschung und Kunstfälschung. Brigadiere, Handschellen und abführen."

Während Silvana die seltsam anmutende Szenerie ausführlich fotografierte, klickten bei Cascone die Handfesseln.

„Was soll das hier? Was geht hier vor?"

Alle drehten sich um. In der Tür stand ein Mann

von ungefähr sechzig Jahren, mit grauen Haaren, stahlblauen Augen und einem stechenden Blick. Er trug einen eleganten, dunkelblauen Anzug mit passender Krawatte. Seine Füße steckten in dunkelblauen Gummistiefeln, die am Schaft ein grauschwarzes Schottenmuster zeigten.

„Und wer sind Sie?", fragte Marek, der sich als erster gefangen hatte.

Der Mann deutete eine leichte Verbeugung an.

„Avvocato del Nero, der Anwalt von Signor Cascone. Ich habe hier eine richterliche Verfügung, dass mein Mandant sofort gegen Kaution auf freien Fuß zu setzen ist, da keine Fluchtgefahr besteht. Außerdem bestreitet mein Mandant, bis zur Vorlage endgültiger und stichhaltiger Beweise, alle gegen ihn erhobenen Vorwürfe. Die Kaution wurde in der vom Gericht festgesetzten Summe bereits hinterlegt. Wenn Sie nun die Güte hätten meinem Mandanten die Handschellen abzunehmen und umgehend sein Haus zu verlassen. Eine Klage gegen die Polizei wegen unbefugten Betretens und Sachbeschädigung behalten wir uns natürlich vor. Meine Herren."

Capitano Manfredi, Ghetti und Marek sahen sich einen Moment lang fassungslos an.

„Sie haben es gehört Brigadiere, lassen Sie ihn frei", befahl dann Manfredi, während Marek sich den

Beschluss des Richters zeigen ließ.

Cascone rieb sich die Handgelenke, grinste Marek ins Gesicht und zeigte dann mit einer ausladenden Handbewegung zur Tür. Marek schäumte vor Wut, aber es blieb ihnen nichts anders übrig, als zu gehen.

„Wir dürfen den doch nicht einfach so laufen lassen", tobte er, als sie draußen auf dem Campiello standen.

„Sie haben doch die richterliche Anordnung gelesen. Da sind uns die Hände gebunden", entgegnete Manfredi, „wer hat denn den Wisch unterschrieben?"

„Ein Richter Orsoni."

„Das ist hier der oberste Richter und del Nero ist der teuerste Anwalt im gesamten Veneto. Der verklagt uns bis zum Sankt Nimmerleinstag."

„Aber wie konnte der Avvocato so schnell hier sein?", meldete sich Silvana aus dem Hintergrund.

Alle drehten sich zu ihr um und sahen sie an.

„Ich meine, wie kann er in so kurzer Zeit an den richterlichen Beschluss gekommen sein, die Kaution hinterlegt haben und im Palazzo auftauchen, just in dem Moment, wo ihr Cascone verhaften wollt?"

„Ich Idiot!", schimpfte Marek. „Du hast vollkommen recht. Das wäre nicht möglich gewesen. Es sei denn…"

„…es war geplant", ergänzte Silvana.

„Was war geplant?", fragte Manfredi.

„Cascone und sein Winkeladvokat haben schon vorgesorgt für den Fall, dass er auffliegt. Überlegen Sie doch einmal. Zuerst müsste ja del Nero überhaupt von der Verhaftung gewusst haben. Wie konnte er das im Voraus? Nein, Cascone hat ihn informiert, nachdem wir aufgeflogen waren und er seine Leute weggeschickt hatte. Das ist wie lange her? Höchstens eine Stunde, eher weniger. Dann müsste er sich einen Termin beim obersten Richter besorgt haben, was beim Renommee des Avvocato vielleicht sogar recht schnell ging. Dann musste der Wisch geschrieben und die Kaution festgelegt werden. Die lag übrigens bei nur läppischen einhunderttausend Euro. Das Geld zu besorgen geht auch nicht bei dieser Summe so im Vorbeigehen. Das ist alles in dem Zeitrahmen nicht machbar."

„Aber das würde ja bedeuten, dass…nein, das kann ich nicht glauben."

„Es muss aber so sein. Entweder hat del Nero solche Anordnungen blanko unterschrieben auf Vorrat im Schrank, als Gefälligkeit sozusagen, oder die Justiz steht auch auf Cascones Lohnliste. Oder beides. Auch wenn es Ihnen nicht passt, es muss so sein. Ich kann ihnen nur einen Rat geben, behalten Sie das

Schwein im Auge. Und noch etwas. Warum glauben Sie, hat der Vice Questore nicht eingegriffen? Er muss doch von Ihrer Operation Wind bekommen haben und es wäre auch seine Baustelle gewesen."

„Ich befürchte, Sie haben recht", stammelte Manfredi, als er sich wieder gefasst hatte.

„Und noch etwas, Capitano. Besorgen Sie sich einen Durchsuchungsbeschluss für die Hütte. Da drin sind dutzende erstklassig gefälschter Kunstwerke. Aber beeilen sie sich, bevor er alle in Sicherheit bringen kann."

***

Silvana, Marek und Ghetti ließen sich zur Caserma bringen, wo sie Erlaubnis erhielten, den Verhören beizuwohnen.

Zuerst wurde Spadafora in den Verhörraum gebracht. Ein junger Brigadiere blieb neben der Tür zur Bewachung stehen.

„Das ist meine Chance", dachte Marek und betrat schnell den Raum. Seine Kleidung war immer noch feucht und verschmutzt, aber das war ihm in diesem Moment egal.

„Kann ich mal kurz mit ihm unter vier Augen sprechen?"

Der Brigadiere zögerte kurz, dann nickte er und ging hinaus.

„So Luigi, jetzt sind wir alleine. Hat dir Spaß gemacht, heute Vormittag, oder?"

Spadafora saß teilnahmslos am Tisch.

„Mich einfach absaufen lassen. Ciao Commissario hast du gesagt."

Marek war langsam hinter ihn getreten. Nun packte er ihn im Nacken und knallte seinen Kopf mit voller Wucht auf die Tischkannte. Spadafora rutschte vom Stuhl und hielt sich sein blutendes Gesicht.

„Arrivederci Luigi", sagte Marek und verließ den Raum.

„Ihm wurde schwindlig und er ist mit dem Kopf auf den Tisch gefallen", sagte Marek zu dem Brigadiere, als der wieder den Raum betreten wollte, „besorgen Sie ihm ein Taschentuch."

„Was hast du getan?", fragte Silvana besorgt.

In diesem Moment stürmte Manfredi herein.

„Was haben Sie mit dem Gefangenen gemacht, Marek? Das geht zu weit."

„Nichts. Als ich reinkam, hat er sich erschreckt und ist auf die Tischkante gefallen."

„Und deshalb blutet er wie ein abgestochenes Schwein?"

„Er ist halt sehr fest draufgefallen, aber der Vergleich gefällt mir."

„Na gut, aber den können wir erst einmal nicht

verhören. Der muss verarztet werden."

„Der Kleine, *il topo*, ist ohnehin interessanter. Der hat definitiv zwei Morde begangen. Habt ihr eine Waffe bei ihm gefunden?"

„Ja, er hatte ein Klappmesser mit langer Klinge dabei. Eine erste forensische Untersuchung hat ergeben, dass die Klinge zwar abgewischt wurde, aber Blutspuren nachweisbar sind. Am Ansatz der Klinge, in dem Drehmechanismus, sogar ausreichend für eine DNA Bestimmung."

„Sehr gut. Vergleichen Sie die DNA mit der von dem ermordeten Maler Colleone und schicken Sie bitte eine Kopie davon an Ghetti. Wir leiten sie dann weiter nach Deutschland, da hat er auch einen Mord begangen. Mindestens einen davon werden wir ihm damit nachweisen können."

„Gerne, aber woher wissen Sie das von dem Mord an dem Maler?"

„Ach, das ist eine lange Geschichte."

„So? Dann beginnen wir mit Caiazzo. Vorher müssen wir nur noch das Blut entfernen."

„Nein, lassen sie es erst einmal. Vielleicht schüchtert ihn das etwas ein."

Manfredi grinste ihn an.

„Sie wissen aber schon, dass so etwas illegal ist."

Der kleine Mann wurde in den Verhörraum gebracht. Beim Anblick der Blutspritzer auf der Tischkante und auf dem Boden zuckte er zusammen.

„Moment noch", sagte Manfredi, „wir lassen das noch schnell reinigen. Das ist noch von Ihrem Komplizen."

Aber Caiazzo erwies sich trotz alledem als unerwartet harte Nuss. Trotz intensiver Befragung machte er keine Angaben zu irgendwas. Da kam Marek eine Idee. Er ging in den Verhörraum.

„Entschuldigen Sie Capitano. Dürfte ich ihm eine Frage stellen?"

„Nur zu", meinte Manfredi genervt.

„Signor Caiazzo, das hat zwar jetzt hiermit nichts zu tun, aber ich habe mir schon den Kopf zerbrochen, warum Sie die beiden Männer so hingelegt haben. So, wie den vitruvianischen Menschen von Leonardo da Vinci."

Der kleine Mann hob den Kopf und grinste ihn an.

„Ich hab da so ein altes Bild beim Chef gesehen. Da war so ein Mann in einem Kreis und 'nem Viereck. Der hatte die Arme so ausgestreckt. Das hat mir gefallen und..."

Er stockte. In diesem Moment wusste er, dass er sich verraten hatte. Er stützte den Kopf auf die Hände, sah unter sich und schwieg.

Marek hingegen war enttäuscht, dass es eine so

banale Erklärung dafür gab. Etwas Philosophisches oder Esoterisches hätte ihm besser gefallen. Aber sie hatten ihn.

Später ließen sich Ghetti, Silvana und Marek mit dem Polizeiboot nach Punta Sabbioni bringen, wo Ghetti seinen Wagen abgestellt hatte.

„Wo steht dein Auto?"

„In Treporti, da kannst du uns rauslassen."

„Wieso uns?", fragte Silvana. „Ich fahre lieber mit Michele zurück. Der hat wenigstens ein Auto mit bequemen Sitzen und Federung."

„Das werde ich mir merken", maulte Marek beleidigt und schwieg den Rest der Fahrt.

13

Zwei Tage waren seit der Aktion in Venedig vergangen. Das Wetter hatte sich wieder beruhigt. Der Regen hatte bereits am gestrigen Tag aufgehört und nun blinzelte schon wieder die Sonne von einem milchigen Himmel.

Marek saß auf einer Bank an der Promenade, unweit der Chiesa Madonna dell' Angelo und las den Gazzettino. In der vorherigen Ausgabe hatte es Silvanas Artikel als Aufmacher auf die ersten beiden Seiten geschafft. Jetzt, in der neuen Ausgabe, kam die Fortsetzung immerhin noch auf Seite zwei. Zeitungsnachrichten sind halt schnelllebig. Was gestern noch die Region bewegte, ist heute nur noch eine Randnotiz.

Als die Carabinieri, nach langem Zögern durch die Staatsanwaltschaft, endlich einen Durchsuchungsbeschluss für den Palazzo erhielten, war Cascone natürlich ausgeflogen und alle Fälschungen waren verschwunden. Dafür hatte wahrscheinlich der gute Avvocato del Nero gesorgt.

Cascones Mitarbeiter hatten nach langem Verhör gestanden und gingen mit einem Lächeln im Gesicht in Untersuchungshaft. Luigi Spadafora und Guido

Nerone sollen wegen Geiselnahme und versuchten Totschlags angeklagt werden, Mattia Caiazzo wegen Mordes an Tommaso Colleone. Der DNA Abgleich ergab, dass der Maler zweifelsfrei mit Caiazzos Messer ermordet wurde. Dazu erreichte die Staatsanwaltschaft ein Auslieferungsersuchen aus Frankfurt, in dem Caiazzo des Mordes an Jan Osmers beschuldigt wird.

Marek faltete die Zeitung zusammen, steckte sich eine Zigarette an und sah auf die mittlerweile wieder spiegelglatte Wasserfläche.

Das Klingeln seines Handys riss ihn aus seinen Gedanken. Es war Ghetti, dessen Stimme sich fast überschlug.

„Roberto, hast du es schon gehört?"

„Komm erst mal zu dir. Was soll ich denn gehört haben?"

„Sie haben Cascone gefunden."

„Na, ist doch prima. Dann haben wir ja alle."

„Wie man es nimmt. Er ist tot. Erschossen. Man fand ihn auf einer Bank in der Viale Trento, direkt vor dem Biennale Gelände. Seine Lippen wurden durch eine Sicherheitsnadel verschlossen. Das war bestimmt die Mafia."

„Nein, das glaube ich nicht. Es soll nur so aussehen. Ich denke, da hat die feine Gesellschaft, die bisher mit ihm verkehrte, nun kalte Füße bekommen und ihn beseitigen lassen. Er war für sie nicht mehr von Wert, sondern eine Gefahr. Nur der Fundort soll ein Hinweis auf seine krummen Geschäfte sein. Ich informiere gleich Silvana und du sagst Manfredi, er soll die anderen drei im Knast gut bewachen lassen. Die sind sonst als nächstes dran."

„Roberto, wer soll die denn im Gefängnis…"

„Sei doch nicht so naiv, Michele. Tu es einfach. Du weißt doch wie es hier läuft."

Silvana war gerade in der Redaktion, als Marek sie erreichte. Sie nahm sich ein Wassertaxi und ließ sich direkt zu den Giardini della Biennale fahren.

***

Am Abend, Marek war gerade dabei die Zettel von seiner Wand zu entfernen, rief Ghetti an. Er war völlig aufgelöst.

„Es ist etwas passiert", stammelte er.

„Und was ist passiert?"

„Heute am späten Nachmittag wurden Spadafora, Caiazzo und Nerone tot in ihren Zellen gefunden."

„Wie kann das sein? Wurden sie denn nicht bewacht?"

„Doch, die Wachen wurden sogar verdoppelt."

„Und wie kann sie dann jemand umbringen? Hat sie jemand besucht? Vielleicht der Avvocato?"

„Nein, angeblich niemand. In ihrem Caffè, den sie am Nachmittag bekommen hatten, konnten Spuren eines Alkaloids nachgewiesen werden. Wahrscheinlich Strychnin. Niemand weiß, wie das Zeug in den Caffè kommen konnte."

„Trotz doppelter Wachen werden in einer Caserma der Carabinieri drei Gefangene in ihren Zellen vergiftet. Denk mal darüber nach."

Marek war stinksauer. Damit waren alle Verbindungen zu Cascone gekappt.

***

Nachdem die Sachverständigen in Hamburg und München ihre falschen Expertisen eingestanden hatten, wurde *Gaut der Rote*, das gemalte *ungemalte* Bild, diskret aus der Ausstellung entfernt.

Epilog

Kunstkenner mögen mir verzeihen, dass ich die Ausstellung vom Frühjahr in den Sommer verlegt habe. Tatsächlich wurde die Nolde Retrospektive vom 5. März bis 15. Juni 2014 im Frankfurter Städel gezeigt.

Das gemalte „ungemalte" Bild ist natürlich ebenso erfunden wie der venezianische Sammler oder der Kunstdetektiv im Auftrag der Nolde Stiftung in See-büll.

Die Handlung und alle handelnden Personen sind frei erfunden. Übereinstimmungen mit tatsächlich existierenden Personen oder Ereignissen, wären rein zufällig. Verweise auf reale Personen und Ereignisse sind wie belegt und/oder publiziert wiedergegeben.

Im Text erwähnte Gerichte

caparosso'li –
gedämpfte Venusmuscheln

bisato su l'ara -
Aal aus dem Ofen

baico'li -
Dogengebäck (venezianische Spezialität)

tortelloni al forno –
überbackene Tortelloni

sarde in saor –
marinierte Sardinen

spaghetti alle vongole –
Spaghetti mit Venusmuscheln

Seppioline ai ferri –
gegrillte Tintenfische

Antipasto misto –
gemischter Vorspeisenteller

Orata Brasata e Capesante in Padella –
geschmorte Goldbrasse mit Jakobsmuscheln

Volker Jochim
im tredition Verlag

Das September Komplott
Thriller
Juni 2017

09/11 – diese Zahlen haben sich unauslöschbar in das
Bewusstsein der ganzen Welt eingegraben. Aber was geschah an diesem 11. September 2001 wirklich?
Dieser spannende Roman schildert die unglaublichen Ereignisse aus der Sicht eines investigativen Journalisten,
dem es mit seinem Team gelingt, die Hintergründe eines
gigantischen Komplotts aufzudecken, das bis in höchste
Regierungskreise reicht und der dadurch in Lebensgefahr
gerät.

Kommissar Marek
bei tredition

…des die Rache ist
Kommissar Mareks fünfter Fall
Januar 2017

Marek findet einen Pfarrer erschlagen vor dessen Altar. Kurz darauf wird der Besitzer eines exklusiven Möbelhauses tot in seinem Haus aufgefunden. Beide Opfer hatten die gleiche seltsame Tätowierung. Marek ist überzeugt, dass beide Morde zusammenhängen und das Motiv in der Vergangenheit zu suchen ist. Maresciallo Ghetti versucht die Lebensläufe beider Opfer zu rekonstruieren, kommt aber bei dem ermordeten Pfarrer nur ein paar Jahre zurück, bis zu seinem Aufenthalt in einem Kloster. Ein Leben davor scheint nicht zu existieren. Dann geschieht ein weiterer Mord. Die Spur führt zu einem über zwanzig Jahre alten Fall, bei dem ein Polizist getötet wurde und der bis heute nicht aufgeklärt werden konnte.

Ein äußerst raffinierter Fall, der Marek und Ghetti bis zu seinem furiosen und überraschenden Finale einiges abverlangt.

Kommissar Mareks trügerische Idylle

Kommissar Marek wandert aus
Überarbeitete Neuauflage / November 2008/März 2016

Kriminalhauptkommissar Robert Marek vom Morddezernat der Kripo in Frankfurt/Main ist wegen seiner unkonventionellen Methoden bei Kollegen und Vorgesetzten nicht gut gelitten. Aufgrund seiner überdurchschnittlichen Aufklärungsquote soll er auch noch zum BKA versetzt werden, was er jedoch auf jeden Fall verhindern will. Er nimmt Urlaub und fährt mit seinem alten 2CV nach Caorle, einer historischen Kleinstadt im Veneto. Dort hofft er, eine Lösung seines Problems zu finden. Er lernt die attraktive Journalistin Silvana kennen, die ihn überredet, sich vorzeitig pensionieren zu lassen und nach Caorle zu ziehen. Sie besorgt ihm eine Wohnung und im Herbst des gleichen Jahres zieht er nach Italien.

Im Frühsommer des folgenden Jahres entdeckt Marek eine eigenartig über den Rand eines Müllcontainers drapierte Leiche. Bei der Aufnahme der Zeugenaussage lernt er den jungen Brigadiere Ghetti der örtlichen Carabinieri kennen und bietet ihm seine Hilfe bei der Aufklärung des Falles an, die der junge Mann gerne annimmt. Nach zwei weiteren brutalen Morden scheint der Fall zu eskalieren. Sie stehen vor einem Sumpf aus Behördenkorruption und groß angelegten Grundstücksspekulationen, bis es ihnen gelingt, eine Verbindung zwischen den Morden herzustellen und ein Motiv sichtbar wird.

Dreikönigsfeuer

Kommissar Marek stößt an Grenzen

April 2016

In der Nacht zu Epiphania (hl. Drei Könige) soll in der italienischen Kleinstadt Caorle im Veneto der alte Brauch des Dreikönigsfeuers wieder aufleben. Am Strand wird ein riesiger Scheiterhaufen aufgerichtet, der nachts feierlich entzündet werden soll. Auch der pensionierte, ehemalige Hauptkommissar des Frankfurter Morddezernats, Robert Marek, der nun in Caorle lebt, seine Freundin, die Journalistin Silvana Rafaeli und sein Freund, der Carabiniere Michele Ghetti wollen daran teilnehmen. Als aus dem brennenden Scheiterhaufen ein seltsamer Geruch aufsteigt, versuchen Marek und Ghetti das Feuer zu löschen. Dabei kommt eine bereits völlig verbrannte, menschliche Gestalt zum Vorschein. Am folgenden Tag konfisziert der italienische Staatsschutz die Leiche und alle Unterlagen und entbindet die Carabinieri von diesem Fall. Wer war der Tote und warum soll dieser Mord geheim gehalten werden? Marek und Maresciallo Ghetti ermitteln trotzdem weiter.

Der Fall konfrontiert sie mit der undurchsichtigen Welt der Geheimdienste, der Korruption in weiten Teilen der Politik, der Mafia und mit den kriminellen Machenschaften hinter den Mauern des Vatikans. Dabei gerät Marek in Lebensgefahr und muss einsehen, dass er gegen die Übermacht aus Politik, Kirche und Geheimdiensten nahezu machtlos ist und kaum eine Chance hat. Er ist an Grenzen gestoßen, die stärker als alle Gesetze sind.

Der letzte Kreis der Hölle
Kommissar Marek kommt ins Grübeln
Dezember 2015

Die dreijährige Tochter eines deutschen Schönheitschirurgen verschwindet scheinbar spurlos aus dem Ferienhaus der Eltern in Caorle. Nach einer groß angelegten Suchaktion geht die örtliche Polizei von einer Entführung aus. Nur, es gibt keinerlei Spuren, die auf die Beteiligung einer fremden Person schließen lassen könnten. Als sich direkt nach dem Verschwinden des Mädchens plötzlich das Bundeskriminalamt einschaltet, ist Mareks Interesse geweckt. Es beginnt ein perfides Katz- und Mausspiel zwischen den Behörden, der Polizei und den Betroffenen, dessen Ende das Vorstellungsvermögen der Ermittler weit übersteigt. Obendrein ist Marek am Grübeln, ob dieser Ort für ihn noch der richtige zum Leben ist.

Weiter sind bei tredition erschienen:

Gib mir das Gefühl zurück
Novelle
Neuauflage / September 2015

Ein Mann erfährt bei einem Besuch seiner Heimatstadt vom Tod seines Jugendfreundes, mit dem er auch in der 68er Bewegung aktiv war, bevor sich ihre Lebenswege trennten. Überrascht davon, wie sich sein Freund von einem überzeugten Kommunisten zu einem Unternehmer wandelte, arbeitet er, zusammen mit der Witwe seines Freundes, die Vergangenheit auf.

Auf einfühlsame und doch unterhaltsame Weise, wird hier der 68er Generation ein Spiegel vorgehalten.

Nied Blues
Ein Frankfurt Krimi
Neuauflage / September 2015

Die Nacht zu Fastnachtssamstag. Eine schwarz gekleidete
Gestalt mit einem auffallend weißen Gesicht eilt durch den
Nebel, der von Main und Nidda kommend, in die Straßen
des Frankfurter Stadtteils Nied zieht. Kurz darauf wird
diese Gestalt auf der Treppe an der Wörthspitze ermordet
aufgefunden. Kommissar Keller, ein kauziger, wortkarger
Mann, der wegen seiner unkonventionellen Methoden bei
seinem Dezernatsleiter schon lange in Ungnade gefallen
ist, muss mit den Ermittlungen beginnen, bekommt den
Fall am nächsten Tag aber wieder entzogen. Ein junger
Hauptkommissar übernimmt und präsentiert kurz darauf
einen Verdächtigen – einen Künstler, der die Tote als letzter gesehen hatte. Heimlich ermittelt Keller mit seinem
Assistenten Petersen weiter und kommt zu dem Schluss,
dass das Motiv dieses Mordes weit in die Zeit des zweiten
Weltkrieges zurückreicht. Der Fall nimmt eine für alle
völlig überraschende Wendung.

Ein spannender Frankfurt Krimi mit historischem Hintergrund.

FSC
www.fsc.org
MIX
Papier | Fördert
gute Waldnutzung
FSC® C083411

Zeitfracht Medien GmbH
Ferdinand-Jühlke-Straße 7
99095 Erfurt, Deutschland
produktsicherheit@kolibri360.de